Cuerpo vítreo

Aurora Freijo Corbeira

Cuerpo vítreo

EDITORIAL ANAGRAMA
BARCELONA

Ilustración: © Antonio Jiménez, collageantoniojimenez.com

Primera edición: mayo 2023

Diseño de la colección: Julio Vivas y Estudio A
© Aurora Freijo Corbeira, 2023
© EDITORIAL ANAGRAMA, S. A., 2023
  Pau Claris, 172
  08037 Barcelona

ISBN: 978-84-339-0515-4
Depósito legal: B. 257-2023

Printed in Spain

Romanyà Valls, S. A., Sant Joan Baptista, 35
08789 La Torre de Claramunt

Para Diego, mi hijo.
Infinito circular

Canto, como canta un niño frente
al cementerio, porque tengo miedo.

EMILY DICKINSON

No le puedo relatar la noche, porque aún no ha terminado.

MARINA TSVETÁYEVA

Me estoy pudriendo. No puede decirlo porque ha perdido la voz. El miedo ha ido momificando los sintagmas, hasta llegar a anular cada fonema. Solo le quedan las huellas de cuando podía hablar con los ritmos elegidos. No es dueña de las secuencias. La despertó un desorden. Hace días. Lo recuerda incesantemente, en ese caos que es ahora su cerebro, para encontrar el milímetro de tiempo en el que sucedió el terror. Madrugada. De repente, el cuerpo no funciona bien. Nada alrededor pertenece a su sitio. *Tu me fais tourner la tête*, decía aquella canción de sus veinte años. Pero la cabeza allí giraba por enamoramiento. En francés, todo es poético. En este instante de la noche, su cabeza gira por su cuenta y arrastra a su estómago. Estaba bien antes. No entiende estos saltos cualitativos, esta ley de la dialéctica. Alguno de estos brincos podría incluso matarla. De viva a muerta en un segundo. Es la condición humana, acierta a decirse. El mareo, que la posee en esta noche con un nuevo rostro, siempre fue un problema íntimo para ella. La acompañaba en los coches, en las atracciones infantiles, en el mar de vacaciones. Se levanta ahora de la cama de matrimonio sin matrimonio desde hace tiempo para intentar estabilizarse y su cabeza sigue a lo suyo, separada, acostada, ajena a ella. Se ha quedado en la almohada, decantada por el vértigo. Quizá nunca vuelva a ser la misma. Debe llegar a rastras al baño. Si lograse vomitar, se dice, todo volvería a su sitio. Su cuerpo se ha hecho un desconocido de golpe y ha perdido el sentido innato cuyo nombre aprendió en el colegio: propioceptor. La enfermedad procura indignidades; lo ha visto muchas veces. Imposible sostenerse. Debe tumbarse de nuevo, como una paloma de patas estiradas. No tiene color alguno, y la ropa que hace unas horas se puso para dormir se ha pegado a ella con un sudor impropio. Ella nunca suda, parece incompetente para las leyes de la naturaleza corpórea. Necesita un ancla. Eso es. Seguramente está pálida, como una muerta, pero no puede levantar la cabeza para mirarse al espejo. Ese vértigo es imparable por más que se quede inmóvil. Papá, me mareo, recuerda. No te preocupes, paramos en la gasolinera. Tiene que ir delante, se marea, dice el padre a sus hermanos. Ya está. Papá ha parado; papá lo ha parado. Su ancla es el padre. Esto no cesa ahora. Llega la ambulancia que han llamado. Entran desconocidos uniformados en la intimidad de su dormitorio. Se mezclan amarillos de chaleco sanitario con los cálidos grises de su habitación. Luego se adormece bajo lo que le ha sido inyectado en una de sus venas claras. Duerme. Los sueños son pegajosos, sueños de subsuelos que ni despierta la dejan en paz. Entran en su duermevela confundiéndola. Quizá se te pase en unas horas, quizá en meses, le dice la doctora que he acudido de urgencias a su casa, y a la que ella no puede ni mirar. Si mueve levemente la cabeza, todo comienza de nuevo a girar enloquecidamente y vuelve el vómito a sus amígdalas. Meses, le ha dicho. No lo soporta un minuto y el médico de la ambulancia dice meses. Podría ser la letra de un bolero hablando de la ausencia de su amor, pero no. Ahora todo debe ser paciencia. La enfermera, como una anunciación, baja a la altura de su oído en el colchón: vas a pasarlo muy mal, pero se pasará. Madrastra de cuento. No es un sueño: estaba aquí y se apiadaba de ella. Pasar. Paciencia. La letra P. El culpable es el oído, quiere vértigos para ella: la hace permanecer casi inmóvil y andar a gatas, a cuatro patas sin

13

libido, como un animal desorientado. El vómito continuo y estéril que nada en ella no le va a permitir comer. Se está enajenando, su cabeza enloquece someramente. Duerme con la esperanza de un despertar de días. Pero despierta y solo ha pasado un poco de ese tiempo en marejada. A partir de ahora, la cuidan, la atienden. Está ausente. Tiene el cerebro mordisqueado por el susto y su melena se aja pegada a la nuca. Teme quedarse así. Teme todo.

Sobrevive en un tiempo de arritmia. T le escribe un mensaje. Lo hace de vez en cuando desde que dejaron de verse, hace algunos años, para que no olvide su mal amor. La encuentra ida por el miedo. T, ya estás aquí de nuevo, frotando tu fangosa infelicidad contra mí. No puedes dejar de hacerlo, ya lo sé. T quiere agarrarse a ella, como los gatos a los que no puedes bajar del regazo porque te hincan las uñas mientras tiras de ellos, y sus patas se alargan a la vez que arquean repugnantemente el cuerpo. Si tuviese fuerzas para levantar la mano, lo espantaría, como a una mosca de verano. T ya no le interesa. Tiene bastante con ocuparse de respirar. Tomar aire ha dejado de ser un acto automático porque un amasijo residual se ha enredado en su aliento. La angustia ha sido convocada por su vértigo. Con su empequeñecida conciencia, se acuerda y se avergüenza del tiempo de entonces, cuando permitía que él entrase una y otra vez en su casa, en su dormitorio. Solo traía huida. A T le faltaba entereza, abrazando y soltando a la vez. No le funcionaban bien las manos. No hacía una cosa después de la otra. La amaba totalmente, al ras de un abismo en el que luego la abandonaba. Espérame ahí. No te muevas. Y ella esperaba semanas, meses. T amaba como un yoyó: iba y venía, y en el hilo de ese movimiento, exacto y repetido mil veces, iba transcurriendo la historia de ambos. Ella sabía que podía caerse, que no eran brazos de fiar los de su amante, pero se empeñaba en creerlos nidos. Mientras se decía: no estés triste; él es así, inconsistente, como la lógica. Le aturdía hacer constantemente silogismos sobre esa relación. Las cabezas no paran de argumentar obsesivamente cuando están anegadas por la peste del enamoramiento. Pero argumentar es solo un ardid, sin fundamento. La debilidad que él era la rodeaba. No era fragilidad, era solo carencia. Neta. Se lo disimulaba a sí misma. Ayudaba que T hubiera invadido de grumos sus sesos. Ella sabía todo esto, pero canturreaba para alejar las verdades molestas.

En algún libro leyó que existen las construcciones tofu: *Desde el exterior, los edificios tofu se ven perfectamente seguros, especialmente a simple*

vista. Tienen todos los componentes que uno espera-
ría ver en un edificio y, a menudo, el interior está
terminado de tal manera que también se ve seguro.
Pero la superestructura y los cimientos de este tipo
de edificio no son sólidos, y esto puede provocar se-
rios problemas en terremotos, inundaciones e incen-
dios, ya que el edificio inestable puede colapsar o
sufrir daños graves. Existen, se repite en silencio,
edificios blandos, temblorosos. En su construcción, se ha omitido algún paso importante o se
ha hecho de modo defectuoso. Solo son fachada.
Carecen de equipos de seguridad. Son bloques
que se desmoronan fácilmente. Lo lee y no sabe
si escribe un arquitecto o si lo hace Freud, si se trata de edificios o de nuestra propia constitución.
¿T, su amante de años, llevaba la T de tofu? ¿Y ella?
Todos la tenemos, piensa, nos quedamos defec-
tuosos, con partes sin terminarse del todo. Por eso
no resiste ahora la inundación que es su recién
llegada enfermedad del vértigo. Lo ve: T no tiene estructura firme, ni es conveniente. Él mismo
decía que su fundamento es la falta de fundamento, pero eso solo sirve para escribirlo en algún libro; es más un aforismo que una confe-
sión. Intentaba expulsarlo de su vida, pero no le
salía. Cuando dio a luz a su hijo, no supo cómo
empujar. Empujaba para dentro. Fue un parto
difícil. A veces cantaba para rellenar los agujeros

de ese amor que se traían entre manos T y ella, entre las piernas. Le letra T. T avanzaba en una mera repetición de lo mismo. T de temblor. T, desde el exterior, parece perfectamente seguro, pero no aguanta temblores, ni los suyos ni mucho menos los de ella. No es culpa suya, pero vendría bien un acto de voluntad para remediarlo. T debería haberla dejado en paz. Le recuerda ahora, y le da igual.

Como por osmosis, trae a su madre. Una membrana ha puesto en comunicación sus enfermedades, la suya presente y la de su madre ya lejana. Retrocede, con la torpeza de su cerebro ahora, diez años, cuando llegaba al hospital de su madre-terminal. Cuarto piso. Toma el ascensor. Un día más. Es el ascensor para el cadalso. Abre la puerta de la habitación de enferma. Está muy cansada de venir al hospital semanas y semanas. Pasillo de la izquierda. Aquí no se mezclan los géneros, seguramente porque todos están medio desnudos, con el camisón umbilical atado a la vida, ligeramente anudado a la altura de la nuca. Hombres a la derecha y mujeres a la izquierda. Mejor. Las piernas desnudas de los hombres, flacas, en zapatillas, le molestan. Al entrar, el espectáculo es inimaginable. Alguien ha maquillado a su madre, como se maquilla a una ya muerta.

Pero no lo está aún, aunque la muerte husmea entre los dobleces de sus sábanas. ¿A que está muy guapa? La intervención es macabra. Tiene ganas de vomitar. Se queda paralizada, sonriendo por no empujarla. A la vez que se lo pregunta, la incorpora, a su madre ya sin fuerzas, perdida en algún otro mundo inexistente, para que ella aprecie mejor la paleta de colores que insulta el rostro. El cuello de su madre, casi yacente, no sostiene ya la cabeza. Esta mujer no entiende de decoro. Siniestro. Seguramente esta maquilladora espontánea no conoce esa palabra, pero es la que corresponde a su impertinencia existencial. ¿Lo ha hecho porque tiene pocas palabras? Debería enseñarle esta, para que aprenda: has hecho terrible e inhóspito el rostro de mi madre, trayéndome anticipadamente la calavera que será. Pero no dirá nada, solo quiere que se vaya. Su madre, que nunca se maquillaba, hermosa como el aire. Todo en ella es pronunciada ausencia. Le han pintado las mejillas como sucede en las fotografías antiguas a los muertos acostados, o como a los títeres de los tenderetes de los parques. La mujer no se va. En su torpeza, le entrega unas fotos en las que acaba de retratar a su madre semiyacente. Las fotos le recuerdan a otras que salieron en prensa, donde unos soldados sonreían mientras sostenían por los hombros a enemigos

20

muertos. Indolente. Esa mujer debería dejar de pintar caras, de manosear los descansos. No sabe dónde andarán esas fotos ahora, infinitamente íntimas. Después, cuando recupera la soledad compartida con su madre, toma un algodón y le borra, con la delicadeza de las manos de un restaurador de museo, las intromisiones coloreadas que han violentado sus respiros casi agonizantes.

Le agrada pensar que su madre no se ha enterado de este pintar-despintar sobre su rostro, pero a la vez le apena casi insoportablemente. Ahora sí, madre, descansa.

En esa inestabilidad que es su vida desde hace días, su actividad ha cesado. No lee, no escribe, no desea. Pasa el tiempo ovillada en el sofá, sin estirar las piernas, las mismas que subía mientras leía, boca arriba y boca abajo, como una trapecista. Ahora está casi inmóvil, es un reptil lento y estúpido. Paralizada sobre una rama, como si la enfermedad le hubiese doblado las extremidades para siempre, con las manos inservibles, descansándolas cerca de su frente. El primer segundo de cada despertar, en el que aún no se distingue del todo la realidad, le aparece el extremo pavor, sin poder asignarle objeto alguno. Una oquedad en los órganos la deshabilita para la vida. Por eso no quiere quedarse dormida en este sofá: el despertar de la siesta es aún más hiriente que el de la mañana, más perdido, más psicótico. Ve la televisión abusivamente para rellenar un vacío de espectro. En un momento adivina que hablan de un padre ancla. Piensa en el suyo, que la desmareaba. Algunos son Medeas contemporáneos. Este padre de las noticias tiene un ancla para sus dos hijas. Sus hijas son breves. Han vivido poco aún, aunque ellas no lo saben, no saben nada. El padre es el lobo. Ellas son ninfas sonrientes de pocos dientes. Es un cuento de terror, pero lo vociferan en todos los telediarios. Una bolsa para cada hija, un par de maletas. Cremalleras. Adormeció a sus dos bellas durmientes y metió a cada una en su bolsa correspondiente. Quizá aprovechó unas bolsas que tenía en casa, o tal vez las compró, calculando las medidas para que cupiesen los cuerpos inmaculados de sus hijas, próximos cadáveres. Inimaginables los gestos. Un padre que no mece a sus hijas dormidas, sino que las empaqueta. Sin cunas, con bolsas. Atará las bolsas al ancla de un barco que sirvió para hacer a la mar, para dejarlas luego en un océano. Las tirará como si fueran fardos o las deslizará por el borde, despidiéndose de cada una de sus hijas infantas, deseando su propia muerte por la altísima maldad que acaba de cometer, abandonándolas a una soledad perpetua e infinita, a un silencio de ultramar que las envolverá eternamente. Todos los que escuchan la noticia deberían responder con silencio, con algas en sus bocas, asistiendo a un funeral universal, doliente y extremo. Pero hablan como en una corrala. Tienen las bocas llenas de serrín. Se levanta como puede, medio a rastras, con el espanto en los labios, y apaga el televisor. Vuelve al sopor enfermo. Siempre deberíamos estar de luto.

Sábado. T llegaba a su casa. T, el amante de los sótanos. Amante es una palabra antigua. Nunca más de cuatro o cinco horas. Iba para no quedarse, pero iba, irremediablemente, aunque ella hubiese roto una vez más con él. Vete. Y allí estaba, como un perro enano, llamando levemente a la puerta con los nudillos para no llegar del todo, con su cuerpo entero, y un alma en llamas corriendo por todas sus venas. Ojalá se fuera. Tanto abrazo solo les quebraba, al menos a ella. Había entre ellos costuras desconocidas, de cordel resistente, que hicieron que aquello llegase a durar demasiados años, aunque ella no veía dónde estaban; querría cortarlas, con esa tijera que heredó de su madre, si supiese por dónde anda. Cuando lo intentaba, se hacía un nudo aún más resistente. Con esa tijera de punta encorvada, quitaba las etiquetas de su ropa interior y a veces cortaba sin querer el tejido al hacerlo. Ojalá hubiese podido agujerear el que iban haciendo T y ella. Habría entrado el aire por ese orificio. Habría vuelto a respirar. Esos sábados hacían luego del resto de la semana un tubo irrespirable. Los brazos de T la conducían a algún pozo que aún no identificaba. Esas horas, en su anómala cama de matrimonio, resultaron abisales. Solía dormir sola desde hace años. Mejor. O no. T nunca amaneció con ella. Abandonaba su cama antes. Nunca leyeron juntos antes de dormir, nunca desayunaron juntos. Era un amor de fragmentos. De sobras. T no se duchaba con jabón en esa casa; no querría que le oliesen después las flores de ese baño, supone, pero cada flor está ya en el vello de tu pubis, T. No tires de ellas, le habría dicho, son como los anzuelos en el paladar de los peces y te van a acompañar, aunque no quieras. Pero callaba porque ellos hablaban de pocas cosas. Era un amor extraño, de una intensidad que los atormentaba. Terminaba su tarde cuando él así lo determinaba. Me tengo que ir, decía T. Disimulaba para hacerlo del modo menos deshonroso, pero no había decoro posible en esa afirmación repetida cientos de veces. T le ha pedido ese libro, ya estando en el recibidor a punto de marchar. Ella lo busca, rápido, entre tantos que tiene, siempre algo desordenados. Él ya vestido, defendido por su abrigo abrochado, azul marino, y ella en ropa de acabar de salir de la cama, aunque su mitad más valiosa sigue en aquella. La distancia entre ellos se ha hecho desproporcionada. T se quiere llevar el libro a casa, a su casa, la que tiene y a la que ella nunca ha sido invitada. T, buen lector, tiene todos los libros, pero ese, dice, lo perdió en una mudanza. Ella siempre firma y fecha los libros que compra. Lo entrega, el suyo, con las dos manos. Una ofrenda. Él lo toma y pide una goma de borrar. Y borra el nombre de ella de la esquina inferior derecha de la primera página para que nadie pueda verlo. Lo guarda en su cartera de hombre importante. Adiós. Hasta pronto, corrige. La habilidad de T para no dejar nada en su casa es admirable. Le produce un dolor repugnante, de tentáculos negruzcos, que no le corresponde y que aguanta. Luego T sale de allí con su traje de buen paño, intacto. Telas de buena familia. Azules mejor que cualquier otro color. Los colores hacen juego con las clases sociales. Y los tejidos. Desde siempre, cuando piensa en algo que le avergüenza, canturrea. Sin pensarlo. *Quien canta su mal espanta.* No le gustan los ripios, pero a veces llegan a su cabeza. Canta al recordarlo ahora, pero con la voz hastiada de su herida. Salen las notas, sin pensarlo. Dónde estarán esperando para aparecer así, tan de repente.

Será para callar las culpas que rebotan en los huesos de su cráneo. Cuando se acuerda de algún instante con T, tararea. En este presente, después de tantos años en el bosque más oscuro, no piensa en T. Sabe que no tiene mano de rescatador. Hace años, en pleno amor, alguna vez soñaba con T, y en esos sueños él tenía los brazos cruzados a la espalda. A su madre, T le parecía presa del goce. Su madre era lacaniana. Goce no es lo mismo que placer. El goce hace sufrir. Goce: *satisfacción paradójica que el sujeto tiene de su propio síntoma.* Goce: repetir la misma pestilencia siempre. No te va a dar nada, sentenciaba su madre. Él es incapaz: está perdido en su deseo. Míralo, hija. Irresponsable pese a su edad. Su madre tenía, además de un saber académico, razones de meiga. En su madre estaban los bosques del interior gallego, y en ella, lo sabe ahora, el gen celta, atlántico, del glaucoma, de una posible ceguera.

Nunca entendió del todo la enfermedad de su madre. Pensó que en algún momento acabaría. Pero su madre no iba a descansar ya nunca. No podría volver a casa. Se convirtió en una madre sin morada que tendría que estar siempre asistida hospitalariamente hasta que se muriese. Pobre doctor, qué tarea tiene, de heraldo que no trae ninguna buena nueva; solo anuncia muerte. Lo ve venir por el pasillo para hablar con ella y sus hermanos. Pobre ángel de infortunio, ángel necesario, en el umbral de lo vivo y lo muerto, al que nadie querrá escuchar, como a una Casandra contemporánea, temido cuando se acerca. En esa escena, los cuatro van a formar una anunciación, sin el azul y el dorado virginal, sin pórtico donde resguardarse. El doctor funesto. Ni ella ni sus hermanos le creyeron, y eso que prestaron mucha atención. Siguieron acudiendo cada día a cuidar a su madre, seguros de su vuelta a casa. Tenían los oídos abrochados, cerrados sobre ellos mismos, ensimismados para detener el vendaval de tanta ausencia.

Tiene una enfermedad en los ojos. Grave, le dice. Eso sentenció la oftalmóloga, algo antes de que la visitasen los vértigos. Increíble, se dijo a sí misma. Pudo sostenerse con esta noticia unos cuantos meses. El golpe que le produjo lo disimuló sin saber cómo, entreteniéndose en vivir como siempre. Pero el vértigo que ha causado su oído en ella ahora ha despertado todas las furias, mezclando en un pánico único la ceguera, la desorientación, el vómito y su acabamiento. A veces pone la mano sobre ese oído para tranquilizarlo mientras solloza. Descansa, querido oído desbocado, para un poco. No puedo seguirte y me desequilibro. Este mismo oído que acaba de descolocarse le hace deambular por su casa pegada a la pared. Explotó su tímpano hace veinte años, en las alturas de una isla volcánica y ventosa. Dolió sin descanso un mes. Ella gemía silenciosamente porque le parecía indigno llorar por ello. Aullaba a veces. Estaba embarazada y no la dejaron tomar medicación para el dolor. El oído y el útero se hicieron un solo órgano. Paciencia, se decía cada mañana. Pensaba en el feto de su vientre y todo podía soportarse. Ahora debe de tener sus líquidos desequilibrados y le informan mal de las posturas. Se marea indeciblemente, y no hay barco del que bajar. Ese oído izquierdo ha decidido tomarse varios meses para sus asuntos, y mientras la tiene aturdida, perdida en irrealidades, abandonada en un páramo, casi muda. No se puede hablar cuando el cerebro se ha hecho cómplice de un oído en alta mar; no hay nada que decir. Tampoco se puede leer; las letras la hacen saberse más vulnerable porque están juntándose y saltando a su antojo, como sapos, en una ciénaga arbitraria, sin tu permiso. Este lado izquierdo la está abandonando. Hace meses fue el ojo verde y ahora el oído de tímpano con cicatriz. Casualidades. La oftalmóloga le avisó: es un síndrome, pero ataca solo a los ojos. Ataca. Qué palabra tan llena de intenciones. Tiene una enfermedad honda. Esto del oído es por otra causa entonces, poco importante, le dijo el otorrino tras un mes, pero muy desagradable. Sabe que tiene que aguantarse. Le tranquiliza pensar que pasará sin dejar rastro, pero el malestar le impide serenarse. Aunque el vómito constante se fue, aún anda como si pisara un astro. Lunática su cabeza, lunáticos sus pies. Pisa en blando sobre el suelo duro. Está inhabilitada para estar en pie. Sus pisadas construyen un oxímoron. No es divertido; es pesadillesco, como los sueños que no le abandonarán hasta meses y meses más tarde. Son una pasta repugnante, de relato breve de ciencia ficción que no llega a dejarla cuando despierta. Empieza a mezclar sueño y vigilia. La angustia es un sumidero. Se pone en marcha y te traga.

Si coincidían fuera de su casa-cama, T hacía como si fueran conocidos. Hola-qué-tal-cómo-estás. Ayer besaba mis pies mientras me desnudaba. Qué le habrá pasado a esa boca en estas horas. Qué palabras fermentadas se han metido en esa lengua para esparcirlas frente a ella ahora, para repelerla. No la tocaba en público, evitaba cualquier gesto que delatara su pasión por ella, que asiste perpleja a su comportamiento. Una vez más la hace sentir insuficiente. Ella revolotea a su alrededor, por si acaso él se ha olvidado de que ayer la amaba. Se intuye a sí misma como una polilla inocente, cenicienta por despreciada, de color desleído. Charlan entre los demás, no hay más remedio. Cuando se dirige a ella es como si le echara un puñado de tierra encima. No quiere pasar por ningún otro escenario con ella, más que el del secreto y la negación. Hacen un *como si*, una ficción. Cuando volvía a casa, sola cada vez, sentía una claustrofobia mayúscula. Él siempre se iba antes que nadie de la reunión. Sabía irse. Buen abrigo, buenos zapatos. Elegancia al despedirse, mientras sabía que estaba lanceando su corazón. Podría haber sido un eslogan de campaña: nunca estar de más. Ignoraba lo inconmensurable que puede ser el desbordamiento. Ahora, tumbada y sin fuerza, sabe que podría haber hecho caer todo ese fingimiento con una palabra, con un leve soplo. Sin embargo, elegía permanecer en ese camuflaje, como una mona tonta, una pequeña comparsa, sonriendo junto a él, aprobando sus ocurrencias. Y esa psicoanalista suya no ayudaba. Blablablá y diván para nada: de nuevo todo se explica con el *goce*. Eso es trampa, querida mujer terapeuta. Pagaba por la sesión. Pagaba por todo. Sabía que en diez días él asomaría de nuevo. La repetición sucedía siempre. Sin falta. Y sabía que diría de nuevo que sí porque le creía transfigurado. Qué infortunio. Otra vez el encierro, sin modificación. Ni llegaba del todo, ni se iba del todo. Le devoraba la incomodidad. No lograba hacer coincidir los verbos ser y estar.

No sabe quién le habrá trasmitido ese gen del glaucoma. Cree que su padre, que es más gallego, porque el gen es del norte, le ha dicho la doctora. Si es un gen, piensa, lleva en mí toda la vida, pero no se veía. Ni siquiera con los rayos X del doctor B. Qué más fracturas habrá en ella que no se muestra aún. Se piensa a sí misma de modo obsesivo, improductivo. Glaucoma quizá venga de glauco. Glauco era un griego de estirpe de divinidad. Quizá eso me salve. Hace algunos años no podría imaginar que el sitio del enfermo sería su sitio. Por entonces era la impertinente y constante mala salud de su madre. Agotamiento de meses y meses. Ella no quería ir al hospital; le cansaba la inacabable enfermedad ajena, la única que conocía. Cógele la mano, le decía su tía. Acaríciasela. No lo hacía. Su madre estaba en coma, para qué hacerlo. Miraba su nariz, antes chata, como de una Romy Schneider cercana, ahora afilada por la vida que se le ha escapado ya casi toda, acostada como en un cuadro de muertos envueltos en mortajas y velas en la mesilla. Odiaba ir cada mañana al hospital a acompañar su muerte. Una de ellas, su madre no tenía su anillo puesto, el que fue de su madre, el que anidaba en su dedo. Alguien se lo quitó mientras no estaban, aprovechando su sueño infinito. Imaginó la escena del extraño invadiendo la soledad de una casi muerta para robarle una perla. Debió de tirar de su dedo apresurada, violentamente, mirando atento hacia la puerta, encontrándose entre las suyas con una mano sin resistencia, muda, la mano blanca de su madre. El anillo se le resistió sin duda, y será suyo ahora el anillo de su abuela, de su madre, el que debiera ser suyo. El quita anillos rompió su historia en un solo gesto. No le dolió, solo fue asombro. Qué habría sentido aquel con una mano inerte entre las suyas, una mano desconocida, vencida ya hacia el lado de la muerte. Cuánta ajenidad debió de sentir. Robó el dedo de la familia, sus contornos y tactos. Peor para él, nunca podrá deshacerse de la piel de una madre que no es suya. No denunció, no preguntó, no se interesó por esa violación de su intimidad. Le basta tener su collar de perlas. Las perlas le gustaron siempre porque se calientan con el cuerpo. Y suenan. Si se las ponía, su madre y ella compartían el cuerpo y la sangre, como decía aquel cura francés a propósito de un cristo vivo y muerto a la vez, y al que nunca entendió hasta ahora. Su madre le dio a leer *La perla* siendo muy pequeña. Lloró por la miseria de sus protagonistas. Eso recordaba, sentada a su lado, al lado de su cuerpo de madre terminal. Si su madre pudiera oír, le habría hablado de la escritura, que fue siempre su lenguaje común. Le habría recitado el primer poema que le enseñó. Acaríciale la mano, insistía esa hermana de su madre a la que no quiere. Qué pesadez. Qué sabría. Era su madre. Las unían millones de atados solo suyos. No hacían falta intrusos de última hora. Si mi madre supiera que tengo una enfermedad en los ojos, no lo permitiría. ¿A que no, mamá?

Ahora el recuerdo del doctor B vuela a sus sienes. Se acuerda de él, del tiempo en que los médicos eran inofensivos y visitarlos era rutinario, casi un juego. Le aparecen recuerdos sin ton ni son, porque su cerebro busca sobrevivir y debe de estar trepando como puede por las curvas de sus circunvalaciones. B tenía una máquina de rayos X y su madre los llevaba de vez en cuando para certificar la salud de sus tres pequeños mamíferos. B, el pediatra de la familia. Los rayos X estaban de moda. Ellos tres parecían tortugas tras la placa, cabeza, brazos y piernas fuera. Siempre eran rayos de tórax, no sabe el porqué: poca luz y huesos fosforescentes, como los de los cementerios. En el reposo obligado que guarda, recuerda la película que vio cuarenta años atrás, sentada en el suelo del cuarto familiar. Mientras los adultos jugaban a las cartas. Atenta, observa al doctorinventor, con sus gotas fabricadas en su laboratorio. Sus ojos veían los huesos rotos sin necesidad de máquinas. Tiene rayos X en los ojos. Un superdoctor. Ella estaba entusiasmada. El buen samaritano. Su supervisión se hacía más potente y acabó viendo solo e irreversiblemente esqueletos y vísceras. Los dioses le castigaron, pensó ella. Se quemaron sus ojos. Ya no podía ver con claridad, con orden, y en su desesperación vagaba por un desierto. El predicador le gritó: si tus ojos te molestan, arráncatelos. Debía de ser un mandato bíblico. Y así lo hizo. Le quedaron unas cuencas de músculo rojo. Las recuerda rojas, aunque la película era en blanco y negro. Las órbitas, pensó, eso deben de ser las órbitas. Se metió esa palabra en el escaso vocabulario de su garganta. Órbita. Sonaba a gelatina, a músculo redondo y a espacios y planetas. Apagó la tele y se fue al salón con los adultos, con un pequeño terror incorporado.

T nunca se quedaba a dormir. El «no» siempre preparado, escondido bajo su labio superior. Dormitaba y se marchaba antes de la luz. Velo tu sueño, le dice, pero en realidad su sueño era ligero porque quería irse después de querer quedarse. Ella estaba llena de endorfinas, no podía pensar. No te levantes, sigue durmiendo. Besa su mejilla ya a kilómetros de distancia. Podemos vernos luego e ir al cine, si quieres. No, no puedo, tú sigue durmiendo. No al cine, no a la ópera, no a cenar en público, no de viaje. Y ella se iba desdibujando. Estoy enamorado de estar enamorado, dicen T y su retórica, que van siempre juntas. Pocas veces se quedaba sin palabras. El escudo del lenguaje, la reja del lenguaje. Sabía hacer sofisticadas palabrerías de las que ni siquiera se daba cuenta. Cada uno ama como puede. Pero ella, que tenía la cabeza dispuesta, las tomaba. Creía que eran solo para ella. Luego T se iba y, como él solía decir, brillaba por su ausencia. Se gustaba rutilante, pero lo disimulaba, para creerse él mismo modesto. Sin embargo, nada brillaba, sombreaba. Algunas veces cambiaron su casa por un restaurante. Llegaba, siempre puntal y serio. Hola-que-tal, dándole dos besos. Dos besos, por ser dos, no son más que uno. Dos es menos que uno, menos que nada. Dos es un empujón. Mejor ninguno que dos. Ningún beso es, al menos, una promesa, por su extrañeza. Él quería hacer un poema de ese amor, pero apenas tenía rimas; intentaba sofisticarlo con silencios. Mientras comían en el restaurante, T está pendiente del alrededor, por si lo ven con ella. Hace que todo sea ordinario siendo su amor de ultramundo, cree ella. Él y su jersey azul marino, comiendo mientras mutilaba el encuentro. Pero me tengo que ir. Esas palabras estaban en el envés de los comentarios que cruzaban. Nunca hablaban de verdad; solo había verdad, desorbitada verdad, en algunos abrazos. Su profesora de Ikebana aseguraba que los hombres japoneses tienen una gran cabeza. T es un hombre de gran cabeza. Nadie sabe que tiene conexiones alteradas, que su palabra no corresponde a su acción. Ella aprendió que el discurso debe estar en acción para ser realmente discurso, verdadero decir. Todo es más compli-

cado: el principio de no contradicción es pura fa-
lacia. Se puede algo y su contrario; es la alianza
más poderosa. T puede con esa aporía; él puede
con la incomodidad de la contradicción. La contradicción produce más deseo, seguramente. Se
muere de deseo, y eso le basta. Sus imposibilidades
son luminosas. Quiere estar con ella y no quiere:
A y no A. Tiene angustia de estar unidos. T, des-
fondado siempre.

Muchos años atrás, su madre perdió la vista de su ojo derecho. Una doctora le realizó una nefasta operación de retina; un error médico, les dijeron. No pidió disculpas. Operación y operación y operación, intentando traer imágenes al ojo semimuerto. Ese ojo perdió la vista y su forma simétrica. A la doctora le importó muy poco. Hay que poner una prótesis. En la película no se sabe qué le ocurre a ese hombre sin ojos. Ya le ha ocurrido todo, en verdad. Se quedaría con sus cuencas. Pensó en Edipo, que durante toda la eternidad vagaba, ciego, con una de sus hijas, en Colono. Algún médico de estética le dijo a su madre que mejoraría con una prótesis ocular. Médico indolente. La prótesis tenía el mismo color que su ojo izquierdo. Todos se admiraban por ello. Qué exactitud artesanal. Mamá, pobre mamá. Cuando volvió de la intervención, durante unos días, ella se ocupaba de ponérsela después de lavarla. De nuevo una órbita de músculo rosa. La ayudaba así, y mientras lo hacía le hervía de la impresión la pared del corazón. Disimulaba para que su madre estuviera tranquila. Enucleación ocular. Espanto ocular. La doctora que atendía a su madre iba bien vestida: bisutería cara, última moda. Como su clínica. Sustituía ojos por dinero. Su madre en carne viva, la cirujana en pieles muertas. Debieron irse de allí antes de que pusiese las manos en sus ojos verdes.

No vas a recuperar lo perdido, le dice su oftalmóloga. Claro, lo sé, eso siempre es así. Lo perdido está muerto. Pero quiere saber si va a tener
lo que queda. ¿Le queda algo? Sí, dice. Solo atiende a sus palabras de doctora. La desconocida sabe
su futuro. Doctora de Delfos. Hace un minuto no
existía y ahora es la única presencia. Ha venido
sola a la consulta; ella es valiente, autosuficiente,
¿no? No. Pero sí. No sabe. Toma asiento. Lentes
en sus ojos, mira aquí, ahora a la pared, a mi pendiente. Le han anestesiado los ojos: el mundo se
ha ido un poco. ¿Es usted gallega? Por qué le preguntará eso, piensa. Será para distraerla, cree. No
me hable y trabaje, por favor. Siente un terrible
pavor. Yo siempre he estado sana. Sépalo. Cuidado con lo que me vaya a decir porque yo en este
hospital di a luz hace dieciocho años y todo eran
flores y olores umbilicales. Aquí también nació el

padre, y también su hermana. Es un lugar de cunas. Esto de su nervio óptico debe de ser ya de hace años, le dice. El nervio de este ojo izquierdo lleva años tomando nuevas formas, afinándose, adelgazándose, y ella no sabía nada. Es un nervio delicado. Actúa en silencio y por su cuenta. Así debe de ser casi siempre, que los órganos avisan cuando les viene en gana. No puede dejar de imaginar ese nervio de la vista. Tiene un nombre elevado. No sabe si es duro o gelatinoso. Solo ha visto ojos en las pescaderías. Abiertos y ciegos. Quién les cerrará los ojos a los peces muertos, se pregunta. No me diga más, doctora, suplica hacia dentro. Cuanto más lo imagina más se debilita. Ahora tiene que levantarse de la silla médica y ¿adónde va con este diagnóstico? Dobla el papel y lo mete en el bolsillo, a ver. Es un gen. ¿Es usted gallega? La genética de los ancestros gallegos. No hay meigas, pero hay celtas. Peor para mí, murmura, peor. Gotas. Voy a anestesiarle los ojos, le dice; la oftalmóloga comunica lo que va a hacer para restar unos gramos de miedo. Luego, durante unas horas, parecerán perezosos. Aprende otra cosa aquí sentada en la silla médico-pedagógica: tensión ocular. Pero ella es de Humanidades. Esto no le gusta, no le compete. Y es para toda la vida, le añade. Está mareada de inconsistencia. Para toda la vida. Madre mía.

La presencia de T fue insoportablemente ubicua. Años y años. No había lugar para nadie más. Pero cuando se desdibujó, a ella, un día, le gustó K. K apareció una mañana, lo vio pasar desde su mesa de trabajo y pensó: no. Demasiado joven, demasiado guapo. Y punto. Pero K se le hizo presente, se anunció, como una aparición. No supo por qué le gustó. Los deseos también se anudan sin ton ni son. Cuando se veían crecía siempre una distancia entre ambos que les unía. Mejor no tocarla. Hablaban, charlaban, pero en realidad se estaban oliendo con alguna glándula donde reposa el deseo. Las palabras se iban colocando en sus piernas, bajo la mesa. No valía cualquier palabra, solo las que eran consonantes con ellos. Es el comienzo del encuentro. Hablan bajo y las palabras trepan hacia sus muslos. A veces la cosa se queda solo en el encuentro.

El encuentro se dilata y se hace acto. Y basta así. Resultan tocados, rozados. Sucede y no lo va a empobrecer pensando el porqué. La pasión por los porqués todo lo estropea. Basta de interpretación. Sucede. Pasan horas en esa conversación dispuesta solo para acercarles el cuerpo. Esas noches K a veces la besa, y luego le pide disculpas por ello. Esas disculpas son un beso más. Y siente paz. Su cabeza se detiene y está a salvo de cualquier pozo. La luz se amarillea, como un fuego de hogar. K habla bajo. Cada sílaba de su boca aparece como un vocativo, con una coma y siempre el nombre de ella detrás. Es calmo, pero le asoma un gesto de selva en los silencios que sostiene. No hace falta saber demasiado el uno del otro; eso ahogaría los encuentros. A la vez que hay entrega, está la timidez, la secuencia de instantes del retiro y el darse, un juego que mece a ambos, aún sentados frente a un vino. Eternamente. Es tarde. Le toma la mano, sin que fuera previsible, como si le tomase el alma, y la acompaña a la puerta de casa, como los novios de domingo, de mañana y sol, y la besa contra sí, y a su favor. Y basta por hoy. No hay necesidad de más. Están bien así sus cuerpos, con la promesa de una proximidad sin fecha. Esa noche dormirá tranquila, al resguardo de un futuro apacible, de la posibilidad de la vuelta a la omnipotencia. Sabe que la creencia es frágil, desfondada, pero se sostendrá en el aire hasta que amanezca y despierte, y otra vez las nubes sombrías lluevan sobre su cerebro. Quizá hubiese sido mejor invitarle a subir, quizá, pero busca el instante sostenido, el vuelo breve del pájaro. Que nada lo quiebre. Es efímero sin remedio. No sabía mucho de K. Ni falta que hacía. Estaba con él, T estaba aplanado, más perdido que nunca.

Eso le ha comunicado la doctora. Va a sentarse para entenderlo mejor. Toda la sangre de su cabeza se ha quedado en la silla de la consulta y el desconcierto ha llenado las venas vacías. Toma asiento, pero la sensación no mejora. Se lo ha dicho la doctora como en un susurro, con la luz del despacho tenue y estando de paso. Ella aquí está de paso porque ahora llega el siguiente y nadie se acordará de lo que allí acaban de decirle. La doctora se lo ha apuntado en un papel con cabecera de hospital: será inseparable. Qué hacer con ese papel, se dice. Un trozo de su cerebro ha coagulado esa escena para siempre. ¿Es grave? Pregunta por primera vez en su vida. No sabe cómo ha podido salir de su boca, hasta ahora de salud plena. Sí. Ha dicho que sí. Podría haber dicho no. Al cincuenta por ciento. Sí o no, qué más te da, doctora. Di no. Pero es su cuerpo el que ha dicho que sí, que ahí está, pudriéndose un poco porque quiere, y no le había dicho nada. Él es su propio dueño y no se ha apiadado. ¿Tiene nombre esto? Sí, le dice. Los nombres dan terror, pese a que algunos dicen que calman. El orden de las letras la va a sentenciar. Va a decírselo con la luz semiapagada. Hola, dice, vengo porque este ojo tiene algo, un agua. Vengo porque tengo un ojo con un pero. Su ojo izquierdo hace aguas. El ojo izquierdo color verde alga hace agua y pudre su nervio sin avisarla. Una vez llevaron a su hijo bebé porque respiraba mal. El doctor le limpió la nariz. No es nada, no es nada. Adiós, nos vamos a casa. Ves, es muy fácil respirar. El cuerpo de su hijo está limpio y corre el aire por sus conductos rosas. Es sencillo estar sano. Pero su nervio óptico se adelgaza y los colores del mundo palidecen. Y ella sin saberlo. Parece ser que pueden ir pasándole cosas sin que ella lo sepa. Estupefacta. La lógica infantil ha crujido mientras la incertidumbre la mete en un hoyo.

L. Su novio de un solo día. Lo fue más en cuarenta y ocho horas que T en años. La llevó a cenar. T la escondía cuando iban a cenar. Sucedió un poco antes de que su oído la inutilizara y arrinconase. L lleva un jersey azul claro, de cielo. Azul Kennedy, de días hermosos. Se levanta cuando la ve entrar en el restaurante y se acerca a ella. L lleva un vaquero azul noche, y la besa. Brevemente, públicamente. No está acostumbrada. He llegado pronto, dice, él que es, confiesa, impuntual. L lleva unas zapatillas gris arena y le pregunta si le parece bien la mesa. Está presente su beso de la noche anterior. Y los otros besos, como corolas, que acompañaron al beso pistilo. Todo el cuidado es para ella. Es la cita perfecta, y aunque resultará quebrada, está llena de honestidad. ¿Habrá traído él esta luz? Quiere escucharla. Ella le interesa. La comida se mezcla en sus paladares con sus palabras y todo resulta sabroso. Soñará luego muchas veces con él, con el beso contra la pared, con paisajes magníficos que, cuando despierta, sabe que son sus brazos. Estrena jersey, por él. El más suave que nunca tuvo. A ella le gusta el disfraz de sus sueños: le muestran sus recorridos inconscientes y le ofrecen lugares desde donde mirar. Nada cambia al fin y al cabo, pero la composición de los sueños alumbra sus actos a veces. Al terminar pasean por la noche de la ciudad. Podrían ir de la mano. No les faltan las ganas, sí cierto atrevimiento por lo que las manos pudieran iniciar. Su cabeza literaria le gusta, a ella, que tanto aprecia las palabras. Es un *parresiasta*: dice de verdad, dice ajustadamente, dice sonoramente. T es una morgue disfrazada. Después piensa brevemente en la oquedad de T, en la que se escucha a sí mismo, en la que siempre va de la mano de su eco, aunque ella tardará años en darse cuenta. Lo hará cuando la oscuridad de su angustia se suavice y por fin la ilumine. De momento va a contárselo a su psicoanalista. Ha tenido tres, y llegará otro cuando el horror de la posible ceguera la salude. Siempre narrándose, sin interesarse a sí misma. Sobran casi todas las palabras. Ella ya sabe de sí misma. Hablar allí no cambia casi nada. Entra. Hola qué tal. Le señala el diván. Se tumba. Comienza. Habla mucho de

54

T intentando desentrañar el sentido de aquello desde las periferias de las palabras: quizá T no es como parece, quizá es que no puede por su inconsistencia, pero su amor es profundo. O no. Pasó años entretenida en esa deliberación irresoluble. Ninguna claridad de pensamientos. Los pensamientos son también el nombre de unas flores que parecen delicadas, pero son de invierno. Y de colores. Los ha comprado en el vivero y los ha visto sobrevivir en la nieve. Tanta nieve ahora en ella. Estando en el horror se dará cuenta del desfondamiento de esa relación de años. T de tufo, de tofu. No es T de tuya, de todo. Y aquí está L, con su cuerpo franco, que ha desplegado para ella un sincero azul en el que sentarse, como un prado, en el que encontrarse. Le escucha. El oído es parte del corazón, y del deseo, y luego cuesta desconectarlos. L y T son consonantes irreconciliables, no pueden formar palabras. Se atasca una con la otra. Impronunciables.

Si utilizara menos los ojos, ¿me durarán más? Es un sinsentido. Lo sabe. Pero los cierra para no gastarlos. Vuelve a casa. Solo puede ocuparse de vigilar su ojo. Va al espejo del baño. Tiene un estuche para meter las gotas medicamentosas. Piensa demasiado en él. Glaucoma en sus ojos, parecidos a los de su madre. Vuelve a recordar: *El hombre que tenía rayos X en los ojos.* Ese era el título de la película. Se arranca los ojos, al final, como un Edipo de serie B. Ambos con una misma tragedia: ver lo que sería mejor dejar apartado. Pobre Edipo, sin culpa alguna y castigado por los dioses: no lo vio venir. Sucedió. Rayos X de ciencia ficción de los años setenta; nadie se creería aquello más que la niña sin criterio que ella era. Tiene pocos años y está sentada frente al televisor Emerson. Se acuerda ahora, más de cuarenta años después, porque solo piensa en ojos, los suyos, quizá sin vista en un futuro. El hombre de la película se pone gotas en los ojos para ver más. Ella lo hace para no ver menos. Tiene un ritual de enferma crónica. Se lo ha dado el prospecto. Le da miedo leerlo. Es ya una oración: baja su párpado inferior, pone una gota lechosa y espera al menos cinco minutos para poner otra diferente. Viajarán por sus interiores. Mañana y noche. Debe tapar el lagrimal para que los líquidos químicos no vayan por donde no deben. ¿La están castigando también los dioses a ella cegándola? A veces castigan sin razón, al son de sus caprichos. Pasa mucho tiempo frente al espejo mirando su ojo enfermo. Aterrorizada. No tiene control sobre él. La pupila ahora sí que es negra. Es más grande que la del otro ojo. Cierra y abre los párpados repetidamente. Sin cambio alguno. Escucha a quien le habla y parece corresponder, pero solo tiene una verdad que ocupa su cráneo rebañando todas sus paredes: la de unas cuencas sin luz. Pensamiento atrofiado. Duerme, tarada cabeza, tente un poco.

En las últimas noches de su madre los tres hermanos se turnaban para quedarse a dormir y velar su sueño, aunque su madre no lo sabría nunca. A ella le aterraba el sueño de la mente en coma de su madre. Quiere pensar que es un sueño que no sueña. Estoy bien, por primera vez bien en mucho tiempo, le dijo en el momento primero de su sueño definitivo de morfina. Duerme bien, madre. La vencía el sueño y debía tener cuidado para no aplastar la goma que le suministraba suero. Su madre tiene una goma en la nariz. Esto no tiene sentido. Ella, a veces, de noche, descansa poniendo la cabeza sobre la cama hospitalaria, como si la mano de su madre pudiera, contra razón, acariciársela. Se acuerda de las monas que llevan el cuerpo de sus hijos muertos resistiéndose a darlos por finiquitados. Finiquito era una palabra que utilizaba su padre. Le puede ese cansancio de hija. Detesta la orfandad que se avecina. Quiere a su madre del seiscientos blanco, de cuando las madres no conducían y la suya sí. La quiere para siempre. Lo quiere como quieren los niños, irracionalmente. Pero no hay madre para darle a su madre. No llora apenas. No se llora por lo irremediable. La mira y piensa que cuando deje de respirar será para siempre, y *siempre* ya es sinónimo de *nunca*: nunca es la eternidad. Eso lo aprendió cuando murió su padre. Papá. Su padre cayó al suelo como un árbol, como un castaño de su infancia. Quizá una higuera. Para siempre, culpa de un trombo. En el pequeño armario de esa habitación de enferma terminal, está la ropa de su madre, la que llevó puesta al llegar. Se la entregaron a sus hijos en una bolsa de basura al ingresar. Suelen hacerlo así. Se pregunta si habrán pensado en ello. Alguien la ha colgado con mimo. Su madre lleva a menudo ropa de flores, a juego con su nombre y el movimiento de sus manos. Podría haber sido actriz de monólogos de escenario oscuro y una única silla. Sus rosas, lilas y amarillos en el armario y, mientras, su madre en la cama blanca con letras azules. Inmóvil. Hospital Clínico, pone. No quiere esas letras para tapar a su madre. Se extienden alargadas por sus piernas y su madre se vuelve cada vez más menuda bajo ellas. No puede hacer nada.

Cualquier flor que trajera sería de muerto. Su madre, la de las flores modestas, de lluvia y monte, no quiere flores de floristería. No sabe si hay un protocolo para elegir la ropa de los muertos, pero su madre vestirá mortaja de flores tenues, las que preferirán sus hermanos y ella, de entre las que guarda en el armario de su habitación de casa. Llévame a casa, le decía cada mañana al verla llegar al hospital antes de que la morfina la silenciara. Solo dice eso. Son sus tres palabras esenciales. Ha ido dejando las demás, ya superfluas. Tres.

No tengo ganas de hablar. Está con J, su último psicoanalista. Me falta el ánimo. Sin ánimo, sin hálito. Vengo porque me he perdido. El vértigo es ahora, pasadas algunas semanas, tan perversamente leve que ya no distingue si está mareada o no. Lo verdadero se presenta claro y distinto: ahora sí que entiende al filósofo racionalista. Pero ella solo tiene marañas. Hay un continuo hilo de lejanía con el mundo. Ha mezclado locamente todos los temores: me quedaré ciega y alejada de la realidad habitual. Tendré mi propio abismo particular. Un pozo propio. Se retiró el ángel de la soledad que la acompañó tantos años, pero hizo venir al de la muerte. Deben de ser amigos. Se pasaron el testigo. Tumbado a su lado, ese ángel hiede. J intenta sacarla del pozo con metonimias, pero su boca está tirante, atada con el lastre del pánico. ¿Quiere sentarse?, le pregunta un chaval en el metro; es joven, pero ha visto el dolor que le quiebra la postura; ha adivinado que necesita descansar, que no se tiene en pie, de miedo. Se sonríen. Quizá él también haya tenido un ángel oscuro alguna vez persiguiéndole. Se han atado una complicidad y un cuidado. Solo sale de casa para ir a J, aunque es inútil hacerlo: sus palabras no se anudan unas a otras, imposible la asociación libre. Nada hace cadena, ha perdido las cópulas. T y ella copulaban, se dice. Freud no llega hasta aquí. No, a esa hora no, le dice. No me cite a esa hora: es que no puedo salir de noche. Porque no. Es que no ve que la noche la abisma. Tumbada en el diván de la asociación libre solo tiene dos o tres palabras. Y ninguna quiere abrirse. Pobreza lingüística. Baúles cerrados. Le cansa hablar; no se interesa a sí misma solo está atenta a la respiración de su pecho. Toda su fuerza se agolpa en el *conatus*, la leve fuerza de la subsistencia. El diván y el sofá. La herida está entreabierta, en penumbra, y necesita silencio. Se quiere ir a su sofá. Soñó con que el radiador de su dormitorio se averiaba: perdía toda el agua, a sus pies, mientras cerca de su cama quedaba un pequeño charco. Ella quería que K, su amante ocasional, se lo arreglase: pero yo no puedo repararlo, le dice, no sé cómo. Se lo cuenta a J en ese diván estéril: el charco, le dice J, tal vez fuese una gran lágrima. La lágrima de la lucidez, de lo terrible que queda por llegar, de lo irremediable. No puedo hacer nada, decía K, en su pesadilla. Todos somos de algún modo un K para el otro. Insuficientes.

T tenía veinte años más que ella. K tenía veinte menos que ella. Qué desequilibrio. Cuarenta años de desacuerdo. Querría hacer una media aritmética que resultase una mezcla de cuerpos y órganos, indivisible, placentera, orgásmica. Pero la aritmética es inútil. No sabe de vidas. Comparaba sus cuerpos. Ambos le gustan. Uno de sus primeros psicoanalistas le dijo un día que tenía suerte por su mezcolanza de hombres y deseos. Debía de ser necio este psicoanalista, cree. Parecía rijoso, pero ella confiaba, ella siempre confía. Incluso en T, pese a que le había borrado su nombre y no le permitía decir el suyo en público. Hay que relatar precisamente lo que no quieres relatar, dice el precepto psicoanalítico. Vaya. Cuánto esfuerzo. Blablablá. K y sus silencios le daban paz. Sabía que la cabeza de K estaba llena de música y eso la acunaba, tan harta del ruido de las palabrerías de T.

Frente al televisor, tumbada siempre y casi paralizada, todo la daña de muerte. Lo escucha sin querer, en esa hora en la que se reúnen las noticias mientras se cena en los hogares. El niño se cayó a un pozo. La noticia ocupó semanas; era el monográfico sin alma y omnipresente. Tendría cuatro años. ¿Qué bulto es un niño de esa edad? Cabe en el regazo de su padre, en el hueco caliente que forman los brazos con los pechos de su madre. Cabe en un pozo. Qué desquiciada paradoja. Allí, en ese escenario, a la reportera no le faltaban palabras ni narración para contarlo. Esos informativos relataban la oscuridad del pozo estrecho y la profundidad donde habría quedado el niño. El niño no debe de tener palabras para lo que le ha pasado. Ni ideas. Solo podría gritar, supone. Pero el miedo enmudece. Enroscada y sin aliento en su sofá, entiende el pozo, la negra profundidad, la inmovilidad, la desorientación. De corazón a corazón. Querría que esas lenguas de periodistas de pecho hueco callasen. No han debido de tener oscuridades, si no, solo aparecerían sus bocas quietas, o en un grito, en la pantalla. Reconoce en ellas la basura del parloteo, y siente en su ombligo la locura de la madre que llora a los pies del hoyo. Jadea levemente y pide que apaguen la televisión noticiera. Mejor que haya muerto al caer a ese pozo estrecho, tan estrecho que no habrá podido ni mover uno de esos brazos voladores que tienen los niños. No parece posible que todo converja para producir tanto daño: el niño que corretea, la mirada materna confiada, el pozo estrecho y profundo, como un tobogán sin retorno, sin tapar, y el segundo oportuno para reunirlo todo. No hay quien aguante esa profundidad arbitraria. Días y días de grúas, bomberos, técnicos e ingenieros tunelando, horadando, tramando caminos subterráneos como hormigas, para nada. No saben que, si los dioses quieren, nada podemos los mortales. Esos dioses han colocado disfrazadamente un enterramiento en vida. Una llamada de su madre, unos centímetros más allá, y la reportera de los labios pintados se habría quedado sin noticia. Pero se ha dado la noche y la informante ha maquillado su boca para decir culebras mientras sonríe. Prefiere morir si su vida va siendo pozo y negrura. Intenta estar en pie, pese a su oído mareador.

66

Los últimos días de su madre a veces ella permanecía en el pasillo; sentada en el alféizar de la ventana, con los pies colgando, las manos bajo las corvas, tijereteando las piernas, como si estuviese en un columpio. Una niña esperando la muerte de su madre. Estamos preparados para padecimientos que ni sospechamos. Le pregunta a la enfermera, con volumen de voz de hospital, cuántos días se puede vivir con la morfina, ya sin tratamiento. La respuesta, pese a no querer ahondar en detalles, es terrible. Mejor callar. Su tía pregunta si pueden quitarle la morfina un rato para despedirse de ella. Qué espanto. El médico señala su egoísmo: para que usted se despida, la traeremos al infierno. Mientras se acortan los días de vida, sigue con su rutina. Va al trabajo lo mejor que puede. No está permitido ausentarse tanto tiempo, le han dicho. Se muere mi madre y no tengo todo el tiempo para estar allí, a su lado. No. Así lo dice el manual de permisos y licencias del funcionariado. Ah. Imposible discutir con normativas. Pero se escapa y se sienta cerca de su madre mientras mira por la ventana. Las vistas desde las ventanas de los hospitales son de paz.

Toma una pastilla que le han dado en urgencias. «Ataque de pánico» se llama eso que le pasa. Qué cobarde es. Puede ponerla bajo la lengua si vuelve a sucederle. En esa angustia de muerte y de ceguera en que está, la visita María Jesús. Traída de muchos años atrás, de la infancia, la recuerda ahora. También cayó María Jesús, como el niño de las noticias, pero en luz, no en un pozo profundo. La madre de María Jesús le pidió que recogiera una prenda caída al tender. Solo era entrar un momento al lucernario del patio de vecinos a por ella. ¿El lucernario es un sitio de luz? Se lo dijo su madre: es solo un momento. Hacemos lo que dicen nuestras madres. Entró y el techo de luz quebró. Y cayó. Para siempre. Morir con diez años no es de este mundo. O sí. Lo es y mucho. Estaba jugando y dejó de hacerlo porque su madre la necesitaba. Solo es un momento, María Jesús, y vuelves con tus amigas. Ella no lloró; sí lo hizo su hermana, sin parar. Jugaban juntas. Qué sería de la prenda de ropa. Quizá quedó en su mano. Quizá su madre permaneció allí parada para siempre por más que haya seguido haciendo como si viviera. No volvió María Jesús, y eso que tenía nombre de Virgen y de Salvador. Quedó allí como una estrella, pero oscura y desencajada. Es mejor morirse que estar en lo más profundo de la noche. Ella no cree que esa madre haya seguido viviendo. O vivirá medio muerta. Los huesos de sus oídos de madre solo serán capaces de hablarle hacia dentro y deletrear la funesta construcción gramatical: María-Jesús-baja-a-recoger-la-camiseta-que-se-me-ha-caído-al-tender. Y así hasta la eternidad. Los amigos de María Jesús siguieron comiendo, jugando, creciendo en sus cuerpos mientras el de María Jesús se detuvo en una estampa para todos, como en un recordatorio de funeral del que ella no tiene memoria. Tendida. Tenía, María Jesús, nombre de Virgen y de Salvador. Para nada. Baja, es solo un momento.

Se mira alongada y débil. T dejó una huella en ella de tanto empujarla, una hondonada entre sus clavículas. Desde entonces creyó que cualquier hombre que se le acercase amorosamente, en lugar de abrazarla, la alejaría. Dejó de funcionar en ella la argumentación más sencilla, y todos sus razonamientos se hicieron viscosos. Indigna de ser querida. Su enfermedad de soledad, que siempre tuvo, se agigantó. La costumbre de ser rechazada por amada, poco a poco, sin cejar durante años, inhabilitó el espacio donde ella pudiera acoger un amor. Dudaba y se tambaleaba cuando algo estaba a punto de comenzar. Imposible que alguien quisiera permanecer a su lado, amanecer en su cama, y elegía, sin querer, dormir sola, despedirse en el portal, echar la llave, quitarse los zapatos y, si acaso, permitir un medio amor de palabra, ocasional, como promesa de lo que nunca iba a ser. Inservible. Leía sin parar. Leía demasiado. Todas esas voces muertas conversando con ella. Está cansada. Leía también para estar en la vida, para sostenerse. Eso debe ser sublimar: leo porque no dejo que me amen, y ni siquiera soy consciente de ello. Y entonces aparecían la indefensión y la claustrofobia de no poder cambiar nada. Para ponerse a salvo, la rutina de la lectura, la organización que dan el saber y la palabra, y que pueden hacer que te sostengas sin sexo, sin brazos. Consumía palabras para calmar el desasosiego y despreciaba amantes por desconfianza. En la estantería llena de libros, frente a la que escribe, es su despacho, una vez, unas horas, hubo una foto de T que ella colocó con esmero. Al verla en tanta presencia, T deviene un conejo asustado. Luego, mientras él se ducha, ella la retira de donde está, junto a sus libros, y se la mete en el bolsillo de su chaqueta de traje cuando ya está saliendo. La habría escupido antes de hacerlo. Él con él, duplicado. Ahora sabe que hubiese bastado abrir la ventana para echarle de su vida. Le llama un taxi. Mientras se viste, le pide un calzador. Servicio completo. Todo elegante.

Sonámbula, va a trabajar. Ha pedido el alta voluntaria al médico. Quizá así mejore. Solo ve putrefacción, aunque intenta que su mirada sea la de antes. Allí está ese hombre cada mañana. Tempranísimo. Qué pensaría la madre de aquel joven si supiera que ese es el trabajo que le ha tocado. Estará lejos, seguramente en otro país. Quizá imagine a su hijo, ya hombre, en un trabajo edificante, un trabajo de ser humano. Ella lo ve todas las mañanas cuando pasa con el coche a una velocidad de autovía. Siempre hace frío. Hay obras, y allí está él, en un desvío de la autopista, con esa flecha de cartón en la mano, ridícula, dirigiendo el tráfico. Imagina al capataz repartiendo trabajo: y tú, tú allí en medio, en esa raqueta, y levantas y mueves esta flecha. Trabajo infrahumano. Nacer para esto, piensa ella. Trabajo a la intemperie. Esa madre, en algún país invisible, creerá que su hijo tiene la dignidad de un trabajo, y sin embargo está condenado a levantar una flecha ante conductores que no lo ven. Cada día, imagina, ese muchacho irá muy temprano a ese lugar. Trabaja en un no-lugar, término de hombres blancos, estudiosos y residentes en lugares consolidados, y ni lo sabe. ¿Nacer para esto?, se preguntará él. ¿Parir para esto?, se dirá su madre. A ella le ha tocado ir en el coche al lugar donde la esperan cada mañana. Se ha librado. Podría haber sido una María Jesús. Podría ser una sin nombre y sin lugar, portadora de una flecha pintada en un cartón. Pero su coche tiene calefacción. Seis horas y podrá volver a ovillarse en el páramo de su *chaise longue*. Completamente invierno.

Tenía el tiempo para quedarse aún con su madre, pero les dice a sus hermanos que no. Quiere el relevo. Confunde desde pequeña *revelar* y *relevar*. Pero no desea que nadie le revele nada, que nadie le diga daños: no quiero verdades, se me pegan en los costados y tiran de mí hacia abajo, como pesos en los pies. No me digáis nada. Lleva este anillo, el que alguien amado le regaló, en una promesa de sangre y alma. Le va a dar suerte y el médico no va a decir que su madre va a morir. Rituales para ahuyentar lo inevitable. Lo lleva puesto y lo toca con la otra mano. Se turnan sus manos en ello para salvar a su madre. Ritos en su espera. Si muere su madre, quién cuidaría de ella. Sería huérfana, y esa palabra no es para ella. Es de guerra, de foto en blanco y negro, de hambre de pan. Pero ella será una huérfana de más de cuarenta años, en color, con un hijo.

Se lo dice al oído, a su madre que ya no oye; se asoma a su cama con letras de hospital y sin voz le pide que se quede. La Suerte empieza con S, como Serpiente. No es de fiar, como la soledad. Lo ponía en un cuento y en la ilustración de la página que lo acompañaba, una serpiente amarilla que hipnotizaba al protagonista, quitándole la voluntad. Era *El libro de la selva*. Era el libro en blanco. Esto voy a tener que llevarlo sola, se dice. Ya se está preparando para esta nueva soledad.

Pregunta, en un arrebato de valentía que proviene de la insensatez del horror, si el deterioro puede detenerse. Sí, le dice. Ah. El *ah* le dura medio respiro. Sus alveolos han vuelto a ser rosas solo por unos momentos. ¿Puede, pero también puede que no? Puede. Ahora resulta que todo son probabilidades. Otra vez, ella que solo creía en las letras para vivir. Vivir en la literatura. Ya no es posible. Se impone otra verdad, la verdad verdadera. Vuelve a aturdirse ante la posibilidad de un futuro a oscuras. Jadea, sin que nadie se dé cuenta, como un animal, pero con la boca cerrada. Disculpe que llore, doctora. No se preocupe, le dice. Le explica las interioridades de sus ojos con diagramas de infantiles porciones proyectados, le cuenta el alcance hasta ahora del daño: lo rojo, malo; lo verde, bueno. El izquierdo tiene tanto rojo... Atiende desde esa silla de barbero.

Oftalmólogo no es lo mismo que óptico. El óptico graduaba sus gafas, nada más. Solo se trataba de encontrar monturas que favorecieran su cara. Era divertido. Pero lo del oftalmólogo es cosa seria; ahora lo entiende. Está viendo dentro de mi vista.

En este tiempo, cuando la angustia está poniendo claridad en su cabeza, pasados los años, echa la cuenta. Cuantificar gusta. Cinco años, a una visita cada quince días de media, son... Mientras otros construían hogares o hacían hijos, ellos se habían detenido en el tiempo. Sonaba bien, como amor engrandecido, pero era una momificación. Amor gangrenado. Qué martilleante. Cuando creía que había escapado, bastaba una palabra de él para que volviera. Pero si no te escondo, solía decirle él. Ella, educada en la confianza, le creía. Si le daba su palabra, la tomaba, y no sometía a duda su boca de sombra. Extraordinariamente, una vez T subió a la casa familiar a tomar café. Llegó quitando. No era de dar. Todos fueron corteses, aun sabiendo el daño que a ella le procuraba ese amor enano. Seguramente se dejó un pie en el portal, sujetando la puerta, presto a correr. Pero nadie le quería sujetar. Nadie en aquella casa le apreciaba apenas. Todos, porque la querían, hicieron que T se sintiese cómodo, pero parecía estar en cada momento tomando la puerta de salida. El café, solo, gracias. De un sorbo. Así me voy antes, cree ella que él estaba pensando. Ofendió a todos. Mereció quemarse la lengua.

Siéntese fuera y espere. Deben hacerle efecto las gotas: no puede marcharse con esa tensión disparatada. Va a llamarles para que vengan a buscarla. Pero no ve los números. Tiene la vista llena de aguas de gotas. Llora. Más aguas para sus ojos. Aún puede llorar porque el terror no ha taponado sus lacrimales. Luego, días después, se secará. Durante meses ella adelgazará a mayor ritmo que su nervio. ¿Y el otro? Está sano. De momento, sí, añade. Los nervios ópticos pueden ser independientes. Que lo sean los míos por favor, pide a cualquier dios que quiera aparecer. No sabe a cuál, pero lo pide. Rogar es religioso. Rogar es ontológico. Rogar no vale para nada. Va a llamar a sus hermanos para que la recojan de esta sala de espera porque no puede levantarse sola. Ya no puede tenerse. Los tres hermanos comparten genes. El gen celta, el gen que ciega debe ser solo para ella. Con uno es suficiente. Quizá los dioses acepten ese canje. Vienen a recogerla a la sala de espera. Sacrificio de Ifigenia. Recogerla, como a un resto. Como a un paquete. Sus hermanos traen la razón: no es en absoluto probable que suceda P. Tranquilidad. Pero a ella le ha mordido ya la presencia de la fatalidad. El fatum. Empieza a volverse hacia sí. Ahora el abismo es ella. Cuarenta años cultivando la cordura y una palabra ha nublado sus estructuras de deducción. Se inaugura un pensamiento obsesivo, asesino. La V se le ha metido en la chaqueta que ha llevado a la cita médica. La V de visión, de vértigo. Ahora viene lo bueno. T, días después y por casualidad, le escribe un mensaje. Ellos son de palabras. Lo hace de vez en cuando para que no se olvide de él ahora que ya no se ven. No va a contarle su susto, su enfermedad. Él no podría hacerse cargo. Le respondería unas palabras entre la solemnidad y el afecto, y nadie quiere eso. T nunca estuvo cuando hizo falta. Si le llamase, no vendría. Una vez le dijo que si a ella le pasase algo, él lo sabría inmediatamente, como si compartieran un pequeño corazón. No era el caso.

Hace ya tiempo, aún intentaba armar una historia con todos estos datos sueltos. Componía causas y efectos donde los protagonistas eran T y ella. Los colocaba como sujetos y predicados, y construía combinaciones sensatas, y luego inverosímiles, para intentar encontrar un sentido. Si era capaz de armar una intriga, eso le permitiría descansar. Además, podría contarlo y explicarlo a los demás. De hecho lo hacía, ensamblaba una historia en torno a este disparate de amor para que algún otro pudiera devolverle una razón y entonces una calma. Su amor es un modelo para armar. Ahora, pasados los años, la historia se ha compuesto de otra manera. Es un juego de construcción, al fin y al cabo. Todo lo es. Hacemos ejercicios de probabilidades: bastan unos cuantos elementos tomados de tanto en tanto y aparece una realidad. Puedes darles la vuelta, combinarlos de otro modo, y la historia se hace otra, igual de sólida. Ahora le interesa poco armarla; la tiene a sus pies, desparramada, y la ignora. Casi le ha desaparecido de su cabeza y de su ánimo. La pisa sin querer cuando acierta a levantarse. Se mira en el espejo y descubre unas cuencas pronunciadas. Solo eso es importante. Tumbada, recuerda el día que le compró un pijama. Los recuerdos vuelven a cosquillear sus sesos, pero ahora están solo de paso. Antes eran crampones, incrustados en cada sinapsis. Está templada y lo agradece, después de tanta noche de intemperie. Y da gracias también por la tibieza de su cuerpo, sin deseo ya. T estrenó el pijama un día, como de paso, como para cumplir nimiamente con su falso papel de querer una casa con ella. Nunca más lo usó. Él no sabe ni lo que quiere. Anda todo el día corriendo. Está perdido para todo. Mucho tiempo después, ella encontró, olvidado en la cesta de la ropa de la plancha, perdido entre la cotidianidad cálida de ropa limpia y calcetines sin pareja, el pantalón del pijama. Lo metió en una bolsa y lo tiró a la basura. Sin pena, sin ruido. Con un nudo.

A la vez que se presta a saber de la mano de la doctora oftalmóloga, recuerda un trozo de un libro argentino de título terrible, un informe sobre ciegos. Lo leyó hace treinta años y le pareció una ofensa a los que entonces eran otros, los que no ven. Ahora la acecha a ella. Está a la puerta del club de los invidentes. De esa lectura recuerda cavernas, subterráneos, pozos y habitantes sin ojos. Caracoles sin cuernos al sol. Le molestó leerlo porque los ciegos se antojaban como animales. Casi no puede respirar; no cabe nada de esto en su pecho. Si todo va mal... Eso le dice. Está bien que exista en el mundo el condicional: si todo va mal... entonces...: si P entonces Q. La Q equivale a «te quedarás ciega». Silogismo baldío. Tiene que no darse P. La P no, por favor. Necesita al menos un bicondicional, un *si y solo si*. Pero ahora nada de calles mojadas ni lluvias que a nadie le importan.

Ahora se juega a sí misma. Sócrates es mortal. Y ella. Ya lo sabe. Todos los hombres son mortales, luego yo también. Nadie pone la mano en el fuego por su bicondicional. La vida es eso: disyunciones, condicionales, negadores. Ya se lo dijo a su profesor obtuso cuando estudiaba en la universidad: la lógica es inhumana. Teme que la enfermedad de sus ojos se extienda a la cabeza. Enferma de miedo. Enferma de lucidez. Se le va de las manos. No se gobierna a sí misma: el cuidado de sí, escribían los filósofos griegos. Ahora sabe lo que significa. Con la presencia de la muerte se entienden mejor todas las lecturas, todas las teorías. Si P, entonces ¿qué? Sus sinapsis van a ponerse a trabajar en dilucidar ese enigma: si P entonces Q. Pero el razonamiento y el temblor no se entienden entre ellos. Grillada, porque se le han roto las seguridades. Su nervio óptico izquierdo va a conseguir desestabilizar todos sus órganos con su señorío de enfermedad. No se va a quedar quieto, porque ahora ese nervio serpiente va a proclamarse el emperador de su cabeza. Va a ser, es ya, una enferma crónica. Inaugura una nueva etapa…, pero es que yo no la quiero, se dice. Querer no es poder. Lo dice como un Bartleby: gracias, preferiría no estar enferma. Gotas para sus ojos todos los días de toda la vida. A ver qué vida tengo, piensa, qué me espera, porque ya me está esperando.

86

Las camas hospitalarias tienen ruedas: viajan por los pasillos con los enfermos acostados sobre ellas, aunque no pertenecen a ninguno, son intercambiables. Se ausenta un rato. Es insoportable esperar el último respiro. Baja a la cafetería del hospital. Allí a nadie le importa que a su madre se le haya afilado la nariz presagiando su muerte. Continúan haciendo ruido de vasos y cubiertos, siguiendo la vida. Ese ruido se mezcla con el silencio que ella lleva, el que anuncia lo que sucederá pronto en la habitación 221, la que les han asignado ahora. No la comparten con nadie; se la han dado para tener intimidad con la muerte. No se debe comer con el alma agujereada por la muerte de una madre, pero tiene hambre. Cada uno de los que ocupan las mesas de la cafetería del hospital tiene asignado, sin saberlo, un número, el de la habitación de su familiar, el de unos días de internamiento, el de días de vida. Están esperando una palabra en la que todo se juega. La de ellos, la que les han dado, es *endocarditis*. No sabe muy bien qué hacer con ella. La tía Ludivina la tuvo. Ludivina se murió. Y a ella le dio igual. Ella era una niña y no sabía el significado de *definitivo*. Se pregunta cuál será la suya futura, su palabra. Comen todos frugalmente para regresar pronto a sus quehaceres, los del acompañamiento. Pero la muerte no puede acompañarse, piensa en el ascensor, es la soledad mayor. Su madre la tiene en su propia carne, es una propiedad que no se puede compartir. Es suya toda, aun cuando hace mil años su madre y ella fueran una. Somos una comunidad de soledad propia.

Ahora su oído y su cerebro se entienden, y a ella no se lo habían dicho. Qué infieles. Se ponen de acuerdo para desequilibrarla. En casa, mientras continúan los vértigos, camina lentamente apoyada en la pared. Pero el recorrido es brevísimo. Solo un pasillo. Al menos ya no tiene que gatear, como los primeros días, porque el suelo se ha aquietado un poco. Ya no está la náusea siempre a punto, incansable. Imposible comer todavía, no obstante. Nota en su ropa una delgadez cada vez mayor. Es un espectro. Ojalá tuviese la quietud de las piedras, desea. Sin afecciones, sin esperar la muerte, sin porvenir. Es ya casi una materia inmóvil, allí postrada, que no puede dejar de sentirse desarticulada. Exangüe, solo el aleteo necesario para respirar. Como un pez en el suelo de un barco, golpeándolo con sus estertores. T le escribe. Empecinamiento fuera de tiempo. T decidió hace mucho tiempo irse de nuevo con su mujer. Quizá nunca se dejaron. Ella nunca preguntó, es respetuosa con las intimidades. Es crédula. T seguramente callaba aquí y allá. Ocuparía dos camas a la vez. Seguramente. Ella también compartía la suya a veces. Ahora que la asfixia empieza a levantarse, aparecen claros de luz en su historia y ve más que cuando tenía sus ojos sanos. T en todo su esplendor es la idea de inconsistencia. Y deja de ser importante. T traía acabamiento disfrazadamente en amor.

Pese a la ralentización de su cabeza, es capaz de aprender palabras. Estuvieron ahí siempre, pero han encontrado un hueco ahora. *Arrebujarse.* Esa acaba de tomar sentido. Suena a gato, a gato sobre sí mismo, a gato con los ojos cerrados y fuera del mundo. Sale a trabajar y solo piensa en volver a casa. Va a arrebujarse en cuanto pueda porque no puede consigo, la atraviesa el aire a la altura del esternón. Si se tumba, quizá... Conduce pensando en llegar a su sofá y hacerse una rosca alrededor de su vacío asustado. Entra en casa y solo ve ese descanso. Adicta a tumbarse. Seca, ensimismada en su propio centro. Estoy en la noche, se dice. La poeta rusa ya se lo advirtió: no se puede hablar de la noche si aún es noche. Pone la tele sin quitarse los zapatos, y no sabe por qué se llena un poco esa negrura que forma un repugnante continuo con ella. Un parloteo de relleno. Está un poco fuera del mundo, un código se ha roto. Eso la asusta. Perder la cabeza. La llenan de razonamientos intentando volverla a la cordura, pero el camino que lleva de sus oídos a su cerebro está lleno de tojos. Que el tiempo pase muy deprisa para burlar la enfermedad de la oscuridad, reza. Ha perdido su raíz. Estará en otro lugar, a ras de suelo, desenterrada y envejecida.

Hola. T acaba de entrar. Hola (pero-me-voy-a-ir). Tiene la huida enganchada a sus zapatos. Para qué vendrá entonces. No se lo pregunta, es poco amiga de hablar de lo que molesta. O es que tiene pocas palabras para ese modo de querer. ¿Cómo estás?, dice él con un beso de deseo (pero-me-voy-a-ir). Está anunciada su marcha, a la vez que está completamente allí por instantes continuos. Entre ellos se levanta ya la puerta abierta para marchar. ¿Quieres un café? Las palabras del acercamiento (pero-me-voy-a-ir). Pasarán meses y algunos años, y serán siempre las mismas. Una repetición infinita hacia ningún sitio, a su cama unas horas. Otra vez la falta de palabra. Novios, no. Pareja, no. Amantes, él dice que no. Ja. Guardan cierta distancia en el sofá mientras hablan de naderías cotidianas afables, aunque ellos no tienen cotidianidad, solo una cercanía flaca. Se van acercando sin perder mucho tiempo. Se besan y empieza la gran cercanía de los cuerpos, la fiesta triste del sábado por la tarde. Del sofá a la cama (pero-me-voy-a-ir). De la cama al baño. Del baño al sofá, un rato, para disimular la inminente marcha. Bueno, hay que irse, dice. Eso lo dirá él, piensa. No hay por qué. Pero lo hay. Poderosamente, aun sin hablarlo. Los abortos que son ahora sus conversaciones, cuando se acaba el acto, se hacen una costra. Acto: palabra para lo que sucede en su cama. Él se lleva el móvil al baño (ahora-sí-que-me-voy-a-ir). Ya se ha roto lo que los unió hace unas horas. Orgasmo; esa palabra que le suena a orugas. La pequeña muerte; los franceses sí que saben. Eso es deshonesto: ella nunca miraría un móvil ajeno. Así la han educado. Debe de ser que guarda secretos por los que ella ni siquiera pregunta. Ahora el ritual de la huida disimulada: algún cariño, recoger las cosas. Nunca quedó nada suyo en esa casa. De eso se cuidaba él. Adiós, ya en la puerta. Perdón, hasta luego, rectifica cuando se da cuenta de que el adiós que le sale de entre las piernas es poco delicado. Él engrandece todo ello diciendo que es hombre de instantes. La poesía para calmar la basura. Y ella ahí pensando qué hacer con ese resto. Intenta ordenar el desorden que ha dejado, no solo en la cama. Aturdida, por las hormonas del placer reciente y el asco del abandono. Pero-me-voy-a-ir. Pero-me-voy-a-ir. Pero-me-voy-a-ir. Estructura de fuga. Ahora que lo pasea por dentro de su cráneo, desde la urna de la sinrazón, la escena, repetida a lo largo de años, se alza por fin con toda su verdad. Pero le importa poco ya: nada es comparable con la hondura de ahora. No le echa de menos. Ni de más. No tiene fuerzas, pero le espantaría con un gesto débil si viniese a verla. Es del pasado. Ahora todo es el presente y el miedo a la falta de futuro, aún sin saber de verdad si los tiempos verbales se corresponden con alguna existencia. Él, el espectro, le escribe, insistiendo. Ella le cuenta brevemente su pozo, pero sin esperar nada, solo por distraerle. Su tiempo, el de los dos, pasó. Ellos nunca fueron pareja. *Cada oveja con su pareja*, le viene a las mientes.

Quizá ese tacto de hermanas ahora, en esa cama clínica, acerque a su madre un río, un amarillo de luz, una voz de padre compartido. Los hermanos tienen siempre compartimentos exclusivos entre ellos. A ella no le gusta esa tía suya, pero agradece sus manos cada tarde sobre su madre en esa habitación, sus flores de sierra y sus lágrimas de saber que está cerca de perder una hermana, otra más. Cuando una enfermedad se prolonga, se hace de la habitación del hospital una estancia: se van dando lugares estables a las cosas traídas de casa –comida, utensilios de baño, jarrones para las flores de visitas, bombones que nadie come, ropa–. Pero tienen el tiempo contado. Todas obedecerán a la voz del médico, que marcará el fin. Ella se llevó unas zapatillas para estar como en casa. Unas plantas más abajo está la morgue. Hay un ascensor que te lleva. Se acuerda de una escena familiar de hace décadas. Recuerda que comían a veces cangrejos. Imagen espectacular. Las tías comían cangrejos de río, de caparazón rojo de piedra preciosa, aunque estaban rojos porque habían sido cocidos. Se llevaba comer cangrejos con pisto. Ella, adolescente, no entendía aquella comilona. Hablaban mientras hacían crujir los abdómenes de los cangrejos, ignoraban sus ojos compuestos, despreciaban sus patas locomotoras y chupaban sus cabezas. Si se piensa, no es cosa fácil lo de chupar una cabeza. Se olvidan todos de que las cabezas que sorben con sus lenguas son cefalotórax. Ella, quinceañera, solo moja pan en el pisto, como en la salsa de los callos que hace su padre. Le parece más respetuoso, aunque no sabe con quién ni con qué. Pero sus tías están jubilosas: su hermano los ha pescado. El hermano varón cazador. Luego, una de ellas los prepara y todos se los comen. *Este puso un huevo, este lo coció, este lo peló, este le echó sal y el más pequeñito... se lo comió.* Colaboración pantagruélica. El encuentro familiar pasa en estas ocasiones por la olla de cocer cangrejos. Imposible comerlos con decoro. Se chupan los dedos. Eso no se hace, piensa. Pero ríen. A ella, púber, le gusta escucharlos. Cada casa tiene sus rituales, y este tiene color de vida. Una de estas tías está acariciando ahora los pies de su madre, en su cama hospitalaria, lecho de predifuntos.

Cuando tiene algo de ánimo, lee un poco. Los periodistas escriben historias para no dormir, sin saberlo, creyendo que dan noticias. Una vez leídas ya no son nada para nadie, salvo para el protagonista, que seguirá atornillado a ese suceso. Pero ella lo lee y cada mañana, durante mucho tiempo, piensa en ello: salieron del puerto de Cartagena, dice la noticia, y no llegaron a su destino. Novecientos terneros vagaron sesenta días por los océanos, en las bodegas de un buque, sin saber que arriba había sol y viento. Si al menos los terneros de cebo supieran qué está sucediendo... De cebo, los ha apellidado el periodista, que habrá investigado ocasionalmente sobre las razas de terneros. Son de cebo porque no son de leche. Vale. ¿Se marearán los terneros? Nadie les habrá explicado los días que durará ese viaje, ni hacia dónde van, ni que dicen de ellos que tienen la lengua azul. Por eso no pueden bajar de ese barco: por su azul. ¿Vomitarán los terneros? Nadie les dirá que saquen la cabeza por la ventanilla para que les dé el aire y se les pase el malestar. No tienen padres. No hay ventanilla, no hay voz que les hable. Rumbo a peor, y ni se lo imaginan en sus básicos cerebros. La odisea de las reses, que no cantará ningún Homero. No las quieren en ningún puerto, a ellas que ni siquiera se han ofrecido. Y ni lo saben. Está mareada como los terneros del buque, tampoco sabe el porqué, ni cuándo va a parar aquello. Ah, sí, es por su oído derecho que se ha ido a alta mar. Al menos no tiene la lengua azul, aunque sí los iris glaucos. Colores de enfermedad ambos. Poco a poco su oído volverá a equilibrarse. Los terneros de la odisea sin nombre van a ser desembarcados al fin. En Escombreras. Es el nombre de un puerto. Vacas marineras. Qué paradoja humillante. Van a ser escombros en cuanto lleguen a puerto. Parece que algunas vacas murieron a bordo –quizá de incomprensión– y tuvieron que ser descuartizadas y arrojadas por la borda. Por la borda, dice: como si fuesen piratas. El capitán del barco quizá haya enloquecido un poco con este viaje de vacas para la muerte. El filósofo se equivocaba: nada de «las vacas se mueren y nosotros somos mortales». Todos lo somos, una muerte entretenida, vacas y humanos. Ella ha descubierto ahora el saber de su propia muerte, de la absoluta arbitrariedad. Según vayan desembarcando, ¿lo harán por una pasarela?, irán al matadero. Así lo ha dicho la autoridad competente. Ella deja el periódico al lado y vuelve a meterse en sí misma. Ahora tiene menos palabras aún.

T era un hombre que gustaba a las mujeres. A esta amiga suya, mucho, aunque se lo ha negado hasta hacerse una úlcera en su acomodo. Dice de ella misma que es su amiga, pero es un gallo si se mira con algo de atención. Lo sabe por los espolones que esconde bajo la lengua, con disimulo. Ataca. Siempre está atenta por si puede encontrar un resquicio para dañarla. Su inteligencia está haciendo guardia para entrar, y a ella siempre le supuso un esfuerzo indecible conservar el muro intacto, remendarlo, tapar los huecos para que no huela su vulnerabilidad, defendiéndose como un Sísifo insuficiente frente a una perra de presa siempre acechante, constante, paciente. Lo pudo mantener cuando T presidía su vida, porque a esta amiga olfateadora le interesaba T para ella. Esto tiene que ver con el apareamiento, piensa. La amiga despedazadora iba a morderla. Buscaba el hueco para colarse. Solo había un agujero, nimio pero agudo, por el que entrar a por ella: remarcar que T nunca dormía con ella, no vivía con ella, no veraneaba con ella; que ella era el secreto de T. Y mientras sonreía, sacaba los dientes para que entre ellos se colasen las letras metálicas que a ella le procuraban una pena infinita, un daño indefendible. Y contaba en público cómo y dónde había visto a T, siempre sin ella. Debiera verse sangre en sus encías por tanta maldad. No entiende qué placer puede acompañar a esta cacería, pero la sigue presenciando, disimulando, alejando a la alimaña de gestos pseudoelegantes, resistiendo casi imperturbablemente. Su saliva es corrupta, certera. Modifica sus colmillos cuando la ve para inyectar el veneno, la vergüenza, en ella, su presa. Y hace que su respiración se ralentice y quede indefensa. Quédatelo, no vale para nada, no sabe amar, no puede hacer otra cosa que pensar en él, en su sostén. Te regalo sus sémenes de tortuga que no quiere nadar, que pasea por el borde del mar sin dar un paso hacia el horizonte, con la sorda promesa de zambullirse. Quédatelo, yo aprendí a nadar con cuatro años y nunca he dejado de hacerlo. El bañista y la serpiente. Son almas de río. Ahora en los ojos está su talón de Aquiles, y ya no en el amor por T. Ya no se trata de amoríos, sino del miedo de muerte. Por eso se ha hecho aún más fuerte, por eso no va a dejar saber de su enfermedad, el núcleo de sus océanos de muerte, porque si ese fuese el blanco de sus ataques podría, ella, tan calma, resultar terrorífica. Con la muerte no se juega. Pero ella ya alejó con un suave pero constante aleteo a aquella-que-se-dice-su-amiga. Y mientras sale del abismo de estos meses, va configurando una nueva arquitectura. Esos ojos enfermos van esbozando un nuevo fundamento. Se están injertando de luz. Con un suave aleteo habría hecho desaparecer la omnipresencia de T. No lo ha sabido hasta esta hora de las sombras de la que ya se está desprendiendo. A T el inconsistente, a T el ingrávido, ella le dio el peso del acero, cuando en realidad era un gramo de sal. Ella solo tenía que desplegarse, pero entonces no sabía hacerlo. Se complacieron ambos en hacerse un huevo, una bolsa fetal impenetrable, que no era más que un embrión huero. Qué pantanosa simbiosis se produjo entre ambos. Pájaro y jaula.

Su sobrina lloraba sobriamente sentada a los pies de la cama de su abuela. Seguramente acababa de aprender lo que significa nunca, nunca más. Ella estiraba, con todo el cuidado de que eran capaces sus manos, las sábanas como lienzos, a la vez que le acariciaba las piernas a su madre durmiente. Las enfermeras entraban casi murmurando para no sacarlos de su tarea de comparsas de muerte. Entraban para nada, no había nada que hacer más que adornar algo ese trance moviendo la rueda del suero. Sonrían para hacerles saber que saben que la muerte señorea en esa habitación, y ellos se lo agradecían con el gesto. Su tío estaba sentado en silencio. Tenía ya su palabra: cáncer. Parecía llevarla en un papel en el bolsillo de su chaqueta demasiado grande para su cuerpo empequeñecido, seguramente por el miedo. Mucho antes fumaba Mencey y parecía un cubano terrateniente. La madre de ella sentía debilidad por él, su hermano pequeño, víctima desde niño de un padre insensible que le hacía, sin necesidad de ello, cargar máquinas de coser y repartirlas en un metro de posguerra. Ella querría que su padre estuviese allí, pero es lógicamente imposible. Murió hace doce años. Los padres no son para siempre. Ni siquiera los de uñas anchas, como el suyo. No habría venido, aun estando vivo, porque su madre y él no se querían, pero ella habría puesto su nariz cerca de su camisa azul padre para descansar del olor de camisones atados a la espalda, y sus manos reparadoras la habrían llevado a casa. Hace treinta años su madre tenía un camisón color lila con el que podría haber asistido a un estreno de cine. Le gustaría decírselo a su doctor, pero ya no entran médicos a la habitación. No hay remedio para su madre y sin embargo es verano. Qué ajeno está todo al padecimiento de esta habitación 221. Se ha puesto un vestido verde y casi largo esta mañana. Siempre vienen visitas y prefiere estar guapa. Así se disimula el horror. No pega con el verde. Hay una marcada atmósfera de bello y triste.

Carta encontrada para T:

Esta única vida que tengo alberga ahora, en mi centro, un agujero inmenso. Acabo de verlo. Se fue formando como una caries, erosionándose por las bacterias de tus abandonos crónicos. Tardó en doler, anestesiado por mi cabeza confusa. Ahora se ha tapado con una losa, como si fuese una tumba. La visito muy pocas veces, y no le pongo flores. No me interesa demasiado, una vez que pude trepar y salir de ella. La miro alguna vez, con la curiosidad de un liberto, ahora que ya es abril. Hay grillos a su alrededor, donde nada va a crecer nunca. Ellos no saben que no deberían cantar, porque todo es aciago allí, pero yo los dejo hacer, con sus alas en marcha. No merece la pena variar sus tareas por mis causas, T. No pueden ver esa antigua cavidad, pese a sus ojos prominentes, y yo escucho su zumbido como un réquiem. Allí en lo alto, una luna estrecha acechará siempre sobre ese páramo que se ha hecho un lecho de anguilas. Bendito amante inútil.

Vamos a operar tu ojo, le dice su doctora salvadora. Su lucha desde hace un año para escalar desde dentro de esa gruta empieza a dar resultados. Cada mañana, tras el dolor de despertar, se agarra a su decisión de no sufrir. Durante meses solo se trataba de mantener un equilibrio. Es tan cobarde, ella, que se creía una Juana de Arco. Estudió en su colegio que Juana, Jeanne, lideró el asedio a Orleans. Le gustaba esa historia, pero no tanto por sus campañas militares, sino porque Jeanne veía figuras celestiales y escuchaba a Catalina de Alejandría. Juana y los cielos. Pobre Juana, hermosa capitana, con su séquito entregado a su palabra, a sus visiones, ardida luego, demasiado joven, en la plaza de un Rouen medieval. Juana, la santa. Ahora, el quirófano: tiene que desnudarse, toda, poner aquí su ropa, sus zapatos. Póngase este gorro, esta bata, estas calzas.

Todo azul oxígeno. Se viste de terror y sumisión.
Cuánta amabilidad con ella. Esta enfermera está
acostumbrada a acariciar el miedo de los operandos. Mientras la acompaña, se presenta, le dice
su nombre, para llegar a su opacidad y disolverla
un poco al menos, y le pregunta el de ella; lo harán unas cuantas veces, supone que para asegurarse de que es la persona que debe ser. ¿Qué ojo
van a operarte? Varias veces también esa pregunta. No vaya a ser que me operen el que no es,
piensa. La cirugía está llena de esas narraciones
míticas: órganos equivocados en manos equivocadas. Está en buenas manos. Le vamos a poner
una vía. ¿Una vía adónde? Se acuerda de las cinco vías de Tomás de Aquino, las que le llevaban
a su dios. Esta es la vena elegida. Tiene las venas
leves, tibias, borradas. Será mejor que venga una
enfermera más veterana a pincharla, oye decir.
Le va a doler un poco. Pero no duele. Tiene un
umbral alto para el dolor. No sabe por qué, pero
esa palabra, *umbral*, le recuerda a los pájaros.
Será porque se quedan en la ventana de su salón
y nunca llegan a pasar. En esta vía han debido de
poner algo de serenidad: un calmante. Por eso,
mientras espera a entrar en el quirófano, su cabeza
se va almohadillando. Todo resulta menos definitivo, más amable. Será así el opio, piensa. Baudelaire, las flores del mal, del bien. Se acerca a la

109

camilla su ángel de la operación, que acompaña a su doctora salvadora: hola –y dice su nombre–, enseguida entramos. Estate tranquila. Y le pone la mano breve y ligeramente sobre su cabeza; parece que acariciara su pelo, salvo que este está bajo un gorro azul quirófano. El camillero le dice su nombre y empuja la cama rodada hacia ese adentro de aparataje sofisticado. Ahora respirará gas adormidera unos segundos. Piensa en algo agradable, le dicen, una playa, por ejemplo. Ella piensa en su hijo. Qué paz. ¿Qué ojo vamos a operarte? Se inquietaría si no fuese por esa benzodiacepina en su vía. Gracias, dice. Soñó, meses antes, que tenían que atravesarle el cráneo para poder llegar a su ojo y repararlo. ¿Lo sacarían de su órbita para sanarlo? Ahora sabe que no.

El cerebro de T debe de ser una madeja sin sentido. En otros tiempos, un verano, cuando aún tenía sus circuitos en paz, ella quiso tratar con las flores en un curso de Ikebana. ¿Has guillotinado la flor?, le pregunta Seiko sensei, su profesora, con una rotunda educación, con su elegante lengua taladradora. La flor tiene cara. Tiene un gesto en ese tallo. Ella lo cortó, no lo sabía aún, pero acaba de aprenderlo. Seiko tiene un cutis de antigüedad japonesa y una violencia oculta de ritual. Seiko-san tiene un esclavo. Entre ellos se da una unión sadomasoquista que los dos toleran sin darse cuenta, y de la que todos los que allí están son testigos. En ese lugar donde se aprende a enmarcar los vacíos con la economía de las flores, conviven la exquisitez y la dureza: Seiko-san humilla leve, pero certeramente, a su esclavo, G, y él la adora por ello. Hay que clavar las flores en un *kenzan*, un pesado cepillo de púas de bronce, sin piedad, como hace su profesora. Seiko grita contenidamente a G en presencia de las mujeres allí sentadas. Lo regaña por todo, cuando todo es sin embargo una nadería, poseída por rituales de vieja obsesiva japonesa. Seiko sensei tiene debilidad por ella, porque ha visto su hacer estético; supo rápido encontrar el gesto de cada flor que debe colocar, de cada hoja; sabe hallar la mesura y la fortaleza en cada ikebana que monta. No ha requerido mucha formación; ese era su sitio. T es, sin querer pero queriendo, su particular y disimulado Seiko sensei: cada rechazo leve, educado, es una minúscula humillación que horada su columna vertebral, la de tenerse en pie. Las escasísimas ocasiones en las que alguna vez caminaron juntos por la calle, T siempre iba un poco por delante de ella, estirado, mirando más arriba de sus ojos, como un hombre que se sabe único; ella nunca conseguía eliminar esa distancia mínima por mucho que se esforzase. Marchaba entonces levemente más deprisa de lo que era su paso, el paso de una ardilla, sintiéndose pequeña, olvidada, como parte de un cortejo ceremonial unipersonal e inapreciable. Sabía que debería irse en ese preciso momento, pero ahí seguía. Un poco más aún. Si se fuese, él ni se daría cuenta. Seguiría caminando ajeno, con su porte altivo. A veces T se descalza y se arrodilla ante ella. Eso la confunde.

Mientras se ducha por la mañana, cierra los ojos para saber qué es ser ciega. Por si acaso. Aguanta unos segundos solo. Insoportable para ella. Taquicardia. Prueba, pero no encuentra el jabón, no se ve el pecho. Inválida, no valdría para nada. El nervio del miedo se tensa de nuevo. Se pregunta qué haría en un futuro si no tuviese el recurso de abrir los ojos y ver. No haría nada. Morirse. Pide perdón por ser tan soberbia al pensar eso. Se viste para ir a trabajar. Llegará sonámbula, pero disimulará tan bien que nadie se dará cuenta: confunden, quienes trabajan con ella, su cabeza al vacío con serenidad, aunque tiene unas ojeras grises de inframundo. Empieza la cuenta atrás: tiene que resistir allí seis horas.

Hay que decírselo a mamá. Los hermanos piensan en cómo hacerlo. Hay que decirle que el amor de su vida se ha muerto. ¿Se ha muerto o ha muerto? No entiende el «se». Su madre va a perder el punto de apoyo cuando lo sepa. Mejor que se lo diga su hermano, mamá lo preferirá. Él, experto reconocido en cardiología, ha muerto de un infarto. Es imposible atar el destino. Mamá temblará al saberlo. Han sostenido su amor toda la vida, en silencio. Las cosas eran complicadas y decidieron amarse así, con esa fortaleza poco reconocida. Él le cuidaba el corazón, todos sus corazones. Sabía medir el flujo de la sangre de su madre, reconocer las cavernas de sus aurículas y sus ventrículos, escuchar sus válvulas cantarinas y entender cuándo ese canto se hacía adverso. La conocía por dentro de los adentros. Ella no sabe cuántos besos, cuánto cuerpo hubo entre ellos. Lo prefiere. Iremos al entierro, le dice; ella y su madre. Yo te llevo, mamá. Yo conduzco. El viaje es triste. De remembranzas. Parece invierno aunque es primavera. Su madre se sienta al lado, de copiloto, pero ni ella es piloto de nada ni su madre ayuda. Qué palabras tan feas para un día tan tembloroso. Su madre está languidecida, recorrida por recuerdos que dice en voz alta. Quiere contarle a su hija, a ella, porque ya es adulta y debe poder escuchar, que su cuerpo de madre deseó, que fue, ¿es?, un cuerpo preparado para dejarse desnudar. Tardan en entrar al acto fúnebre. Cuántos actos ese día. Acaba de relatarle un acto de sexo y amor, y ahora entrarán a un acto que es extremadamente luctuoso. Están aún en el coche. El coche de ella es negro. Como todo ese día. A la vez hay cierta tranquilidad, la de algo que se clausura. Entran. No conoce a nadie y su madre prefiere que se sienten lejos, apartadas. Pone la mano sobre la rodilla de su madre. No sabe cómo tocarla, cómo acompañarla. ¿Le estará titilando el corazón? Esta pérdida es tan triste que ni siquiera luce. Es una pena precoz, no era aún tiempo de ella. Mamá, ahí sentada, parece un ave con frío. Ella tiene ahora un botón nuevo en su cerebro, en el que su madre aparece como sujeto de deseo.

T nunca llamaba al timbre. Presencia fantasmal. Lo hacía, si acaso, con los nudillos. Era imposible cualquier cambio en el encuentro. Cuando no podía aguantarlo más, le decía que la amaba. Él siempre intentaba gobernarse, y lo conseguía. Para él era un instante pleno, absolutamente verdadero, pero sabía que esa declaración la atornillaría un poco más, siempre un poco más. Otra vuelta de tuerca. El escenario era demasiado estrecho: su casa siempre. Él esconde su casa. Ella se ahogaba. A veces se presentaba de madrugada, enajenado de deseo. Traía con él su absoluta presencia. Enamorado y enloquecido en cada espiración. Se levantaba antes de que amaneciera, antes de la aurora, de la luz sosegada, después de haber estado tan juntos. Te he traído un regalo, un pequeño regalo, dice. Añade *pequeño* y los dos saben que eso es un nuevo empujón para alejarla. *Regalo*, acerca; *pequeño*, aleja. Ves, se dice, otra vez lo contrario que se complementa. Ella lo acepta; él lo ha traído de Asia. Luego acaba tirándolo: no quiere nada pequeño, de amor reducido. K una vez le regaló una nimiedad, pero era enorme: era para ella, para su bolso, para que estuviera cómoda, porque sabía que a menudo no sabía dónde dejarlo. K era atento. T la descuidaba a propósito para poder vivir sin ella. Seguramente le espantaba su propio amor, no sabía qué hacer con él. O era el deseo lo que lo aturdía. Quizá no estaba acostumbrado a tener tanta plenitud. Tumbados estaban más juntos que juntos. El silencio comenzaba a balbucear su amor mutuo. Se contaminaban uno al otro, y se engrandecían con ello. Era un amor de fachada wagneriana, de dioses y mortales en tragedia. El regalo era pequeño y el encuentro infinito. Estos contactos eran impredecibles. Así, horizontalmente, se sabe uno más mortal y entonces se puede amar. Entre ellos debieron darse ligaduras de sus inconscientes, fuertes, invisibles, de las que no se sabe hablar. Quizá todas las razones para amar sean inauditas. Penetrados los inconscientes, la alianza es ponzoñosamente eterna. Amor de opereta, en realidad.

No tiembla. Y no sabe cómo puede no temblar. Podría estremecerse al menos. Es lo previo al pánico, o lo contemporáneo a él, y ella está aterrorizada. Quizá esté seca, como un palo, con savia ennegrecida. Así, con la cabeza mareada, reposada, parece un pescado sobre un lecho de hielo. En esa postura, sin movilidad posible, solo acierta a ver un trozo de su librería-biblioteca. Le ha tocado la letra D, D de Duras: la amante y el dolor. La vida no tiene casualidades: hay un orden eterno que desconocemos, nosotros, los mortales. Una justicia poética la ha concordado con Marguerite, la escritora de pocas palabras, la niña de la China del Norte. Ella siempre quiso escribir *La amante*, sentencioso, oriental, monzónico. Pero llegó tarde. Es, de nuevo, la inexplicable nostalgia de lo no vivido. Se acuesta pensando en esas cosas de antes de la destrucción que se está llevando a cabo en sus líquidos. Así, de costado, nota su corazón, tenue, como el de una gallina pequeña. Será porque ahora es, en verdad, una gallina, una mujer menguada. Pero le gusta ese corazón que imagina pequeño, atemorizado, dando pequeñas sacudidas, pendiente solo de latir una vez más cada vez. Si no fuera por ese empecinamiento que ha tomado este corazón, ya se habría muerto.

Decidió no viajar este verano. No puedo, dice. No puede ir de viaje estas vacaciones. Debe renunciar. La esperaba Islandia, pero esa isla es piedra abierta. La asusta. Ha mirado imágenes y ha visto la naturaleza en estado puro, expuesta. No parece haber resguardo. Tanto afuera no permite respirar mejor; demasiado aire. Teme el agua de las piedras, cree adivinar metales en fusión y carreteras de soledad, con coches anecdóticos. Siempre quiso ir, pero ahora no está para islas. Se agarra al pequeño hilo que la ata a su antigua cordura. No puede visitar cráteres porque solo ve profundidades hacia el centro de la tierra oscura. Teme los géiseres que los turistas aplauden porque se extinguen casi al brotar. Ve mares de lava y la soledad taladra su cerebro. Es un paisaje de inmortalidad, y ella es ahora sumamente mortal. Debe de haber piedras huecas. Sabe que, si fuera, encontraría una naturaleza metafísica, insoportable, que la alcanzaría. Reconocería los precipicios porque los tiene propios. Mira más fotos y sabe que Islandia es un centro de miles de años. Ir sería una hazaña. Ojalá pudiera asistir a ella con la calma de quien ha entendido que el destino se cumple. Pero le falta la paz: rebosa desasosiego. Montañas erguidas y romas. Colinas sin nadie. Lo imagina y siente pavura. Una naturaleza franca, sin disimulos, que se muestra como lo que es. Debe de ser esto lo sublime. Cuánto infinito y cuánta verdad. Sabe que eso es poético. Pero no puede permitirse el trastorno de la poesía ahora. En esa tierra mandan las leyes físicas elementales, ¿y qué hacer contra ellas? Nada. Dejarse llevar. E intentar tiritar brevemente. En los paisajes islandeses aparecen casas de colores y en un verde eminente. A ella también le queda aún algún color entre tanto vértigo; menos mal. Y esta miserable orfandad que la persigue, ¿no podrá aflojar un poco? Id sin mí, les dice. Tiene que quedarse al resguardo de las intemperies. Agosto es insoportable con ese calor sin respiro, pero ahora ha perdido la temperatura. Como los locos que van por la calle en verano con abrigo. Perder la sensatez y perder la temperatura propia sucede a la vez en ella. Estará hibernando en verano, seguramente. Todo en ella se está volviendo del revés.

Prefiere estar sola. Compartir esta penuria sería agujerear la brevísima invulnerabilidad que le queda. ¿Cómo no temblar?

Despierta de su anestesia. Todo ha salido bien, mejor incluso. Qué atentos son. Sigue tumbada. Poco a poco, no se levante, tenga cuidado. Aún tiene la vía. Levanta la mano, con un esfuerzo enorme, para comprobarlo. Es bonita su mano, piensa. Así levantada, con esa gravedad, es mano de *ecce homo*. Empujan su camilla hasta un lugar de reanimación. Es raro ver solo los techos; el mundo parece otro. En un rato podrá sentarse. Debe tomar luego algo azucarado: en el cuerpo manda más el azúcar que las ganas. Quién iba a decir que sin azúcar desfallecemos, ella que se creía que era por voluntad, por afectos. Tiene ganas de llorar lentamente. Cada lagrimal con su llanto. En su cabeza canta «Vestida de nit», mientras sigue algo adormilada, alejada. Intenta ponerse en pie, pero desfallece y se asusta. Paciencia. Su cabeza tiene su propio ritmo y despierta desacompasadamente. Cree que han rajado su ojo y luego lo han cosido. Imagina un espanto, tiene miedo a verlo. Indicaciones: cuando llegue a casa, se quita el parche. No son necesarios calmantes. Suprima la medicación anterior, ya no le hace falta. Nos vemos mañana a primera hora, en consulta. Su doctora-operadora se lo dice todo mientras sonríe y la toca levemente para tranquilizarla. Siente una paz perpetua.

M, el hombre del norte, entró por casualidad. Ten cuidado, le dijo ella antes de tumbarse:
acaban de operarme el ojo izquierdo y no se puede
ni rozar; mira, no se nota, pero bajo el párpado
superior está el corte de un bisturí que ya empieza a cicatrizar. No, no duele, no te preocupes.
Él, cuidadoso, toma extremadas precauciones. El
calor de sus manos es extraordinario. Ella está medio desnuda, pero tapada para no sentirse incómoda. Él, con voz baja, le indica cómo hacerlo.
No le gustan los hombres de voz aguda, ni los
hombres que la alzan. Sus manos están acordes
con ese tono de voz: graves y sutiles. Comienza por los pies. Cuando la toca, ella maúlla sin
querer, bajo, para no delatar su placer. No es el
lugar. El masaje dura una hora. Es lo acordado.
Ella le relata las contracturas, la tensión de su cuerpo. Todo muy profesional. Pero en cuanto las ma-

nos de él empiezan a masajear su carne, ambos saben que lo profesional empieza a coexistir con la sensualidad. Después de varias sesiones supo que cuando él viajaba al norte, a su tierra atlántica, plantaba castaños. Hay un castaño centenario en un prado gallego que su madre le regaló meses antes de morir, cuando ni ella ni sus hermanos imaginaban que el tiempo de su madre era ya breve. El prado tiene una pequeña colina y allí está ese soberbio castaño de felicidad norteamericana. La belleza a veces se da sin previo aviso. Y ese hombre, M, planta castaños, dice. Maravilla. Si tuviese algo más de vida dejaría que M la tocase de verdad, con la suavidad de los aceites que él trae para ella, en todos sus lugares. Pero su libido está arrugada. Cuando su madre murió, dejaron las cenizas en su aldea gallega y sobre ellas plantaron un incipiente castaño. Las cenizas de los muertos son gruesas. Nadie se lo había dicho. No sabe por qué se llaman cenizas. Es grava. Y ahora, doce años más tarde, las manos de M traen esa tierra de raíces arbóreas, para ella, y las pasea por su carne cauta mientras busca los músculos que tranquilizar. M es un hombre de tierra, sin retóricas, sin florituras, sin poemas, salvo en los silencios y el movimiento de sus dedos de calor. T tiene la boca llena de palabras; le salen como a un mago. Palabras de colores, atadas unas a otras como pañuelos inexplicables, certeras en el amor. En T nada es lo que parece: hace trampas. La gramática de T, la tierra de M, el tarareo de K. Porque K tararea cuando le habla de música. Pero todos inconsistentes. Qué cansancio le provocan y qué desazón a la vez. Aunque ella funciona por insensateces. Instantes. Y basta. Se lo contaría a aquella psicoanalista que tuvo hace años, la que engullía el dinero que ella le daba en mano, como las gallinas los granos de maíz. Caja registradora. Sin recibo. Debe desconocer lo que significa una factura. Podría haber sonado una campanilla cada vez que entregaba el dinero al final de la sesión. Tenía cola en la sala de espera. Como en una carnicería. Se daban la vez. ¿La última para contar sus miserias? Yo. Gracias, voy detrás de usted. La última para nada. A veces más de una hora allí sentada, esperando su turno, en ese corral. Una vez dentro, ella había aprendido a abrochar la sesión. Así se llama: sesión. Sabía qué decir para que a aquella psicoanalista le pareciese oportuno el: ah, interesante; aquí lo dejamos. Aquí te dejo. Era ella quien mandaba, en realidad. Allí seguirán las paredes plagadas de parloteos y aquella riñonera llena del dinero acumulado cada tarde, con los billetes de los pacientes. Clientes. El mercadeo de la palabra más íntima. Hoy no le diría nada. Quizá: devuélveme mis confesiones. Pero, santarritarrita... Mejor elijo leer, hablar para adentro. Ahora lo sabe. Los psicoanalistas tienen grupos de trabajo en los que exponen sus casos al resto de los eruditos hermeneutas. Cada caso presentado pierde su nombre para ser sustituido por un nombre ficticio, incluso por una inicial. Ella sería una letra, un caso, pues. Dinero en B. Dinero negro. B de basura. Optar por la inicial es desprender la carne. Los descarnan. Los reducen a puros huesos neuróticos.

Había en esa habitación un silencio de final, una blancura de más allá. Una de las compañeras de su madre, enajenada casi la totalidad del tiempo, estaba suavemente atada a la cama; desátame, niña, le decía cuando la veía entrar. Tiene los brazos tan delgados que podría escapar de entre sus ataduras si tuviera fuerza y cabales. Ella sonreía a la escapista loca, vestida de mañana recién estrenada, la llamaba por su nombre, y la dejaba en ese sillón de las habitaciones de enfermo, donde los sientan para que no hagan trombos de tanto acostamiento. Quizá alguno prefiriera un trombo, quizá incluso quisiera escoger el suyo propio, el que acabe con él. Pero esto no se elige, y las enfermeras se afanan en evitarlos. A su madre nadie le ha preguntado si quiere o no morirse. Esa morfina que entró por un tubo en su pecho ni siquiera le fue ofrecida. Tanto labrar la libertad propia durante una vida, y ahora no puede servirse de las manos siquiera para retirar esa flema que la incómoda en su trayecto al cementerio. Quédate, le dice los días en los que aún es dueña de sus letras y estas se agrupan razonablemente en su boca. Luego lo harán aleatoriamente, saltando como en una charca de sapos, con un sentido impenetrable para sus hijos. No se queda. Está cansada. Déjame, madre, déjame un rato. Necesita respirar el aire de su hijo recién bañado, de su olor a pañal ingenuo, de su cuerpo a salvo en la cuna, lejos de ataúdes. Volveré por la mañana, te lo prometo. La besa con el beso de su pena. La deja con su fiebre pequeña, de la que no puede desprenderse porque se ha agarrado a las paredes de sus aurículas, y contra la que ya ni luchan. Yo preferiría que se muriera la madre de algún otro y no la mía. Lo piensa de camino a casa, sabiendo que esa mezquina súplica es intransferible, que nadie la escuchará nunca. El músculo cardiaco de mi madre fibrila. Perdido. Inoperante.

No se puede controlar la obsesión. Toma fuerzas para no quebrarse. T es un canalla, le dijo su madre, que veía con el ojo de oráculo griego antiguo. Madre pitia. No conocía ni una ínfima parte de las pequeñas humillaciones que T dedicaba a su hija. Tantas hubo que hicieron un surco, perfectamente arado, una zanja profunda entre ella y la vida dichosa. La lengua poética de T ensordecía la escucha de ella, la dilucidación. T y su proceder descuidado, T siempre merodeando por sus inmediaciones. La aritmética se lleva bien con ella: cuenta las veces que en tantos años T ha dormido con ella, las veces que se vieron con más gente, las veces que prepararon la cena juntos, las veces que ella menstruaba. Las cuentas que salen la sorprenden. Ridículas. Qué alto es T y qué pequeño, piensa. Esta noche en la que se encuentra ha encendido un foco que ilumina toda la figura de T en su verdad. Se va a la cama, lentamente. Cuando acaba de cepillarse los dientes recuerda cómo cada vez que T iba a su casa le daba un cepillo de dientes nuevo. Al terminar, él lo colocaba apoyado en el lavabo, nunca dentro del vaso destinado a ello junto al de ella. Sí pero no. He venido y me voy. Juego a las casitas. Tengo una casa y me voy ahora a ella. Cada vez que eso sucedía, ella tiraba el cepillo usado una sola vez. Fuera de aquí.

Como está lastrada, ve todo con la pena que es su vida. No siente piedad por ella, pero sí por cada uno que pasa cerca. La humanidad como especie condenada al sufrimiento. Algunos no lo saben, y mejor para ellos, como esos que están allí todas las mañanas, esos hombres, más que temprano. En superlativo. Y esperando qué. Ella los tiene ya asumidos en el escenario de esa glorieta por la que pasa en su coche de lunes a viernes, a primera hora. A ella no la miran, no tiene nada que les interese. Hacen gestos a las furgonetas conducidas por hombres. Se están ofreciendo. Ella se acuerda de algunas vacaciones en el sur del sur, con hombres ociosos en los pueblos, en las carreteras, ofreciendo frutas a los conductores occidentales, en cestas caseras, frutos pobres, como ellos. ¿A qué hora se levantarán para estar en esta glorieta tan temprano? Quizá estarán horas y volverán a casa sin nada. A veces, mientras pasa, ve parar a alguna de esas furgonetas y ellos se abalanzan, con la dignidad que les deja la escasez, para proponerse. Y el conductor elige: tú, tú y tú. Los demás vuelven a ocupar su sitio. Esperan que vengan otros, quizá haya suerte ¿Hasta qué hora lo harán antes de concluir que el día está perdido y volver a sus casas, si las tienen? Llevan pequeñas mochilas o bolsas. Ahora ya los ve cada mañana: han dejado de ser invisibles. Ella es así, poco observadora. Qué tristeza. El universo de los desamparados reunido en esa plaza de nombre elíptico. Negros altos, sudamericanos bajos. Estereotipos. Apenas hablan entre ellos. Son ojos formados para estar atentos a los coches, ojos faros. Los trabajos y los días, le viene a la cabeza. Tienen cuerpos jóvenes, Hércules sin encargos. Algunos habrán corrido desiertos creyendo que hay metas, sin darse cuenta de que el desierto va creciendo bajo sus pies. La meta es movible y no lo saben. Han corrido tanto para permanecer en esa plaza, parados, como los árboles. Hombres cipreses. Una vez vio en la televisión que uno de esos hombres jóvenes, recién llegado, llamaba a su madre por teléfono. Solo alcanzaba a decirle *mamá* una y otra vez mientras lloraba. Le habían desaparecido todas las palabras; solo quedaba aquella primera que los unía solo a ellos: *mamá.* El semáforo cambia de color y ella sigue camino al trabajo. Más allá, le apena hasta los huesos los niños que ve camino del colegio, solos, temprano, con sus mochilas como piedras. Es un barrio humilde y sus padres no pueden acompañarlos. La soledad compartida le cierra aún más el canal de la respiración.

Llega un carro a la habitación de la muerte en cuanto el pecho de su madre no vuelve a levantarse con ese leve movimiento del que estaban pendientes. Todo se precipita. Hay un cambio en el tiempo. El ritmo de la morfina lo era para todos; la espera estaba ralentizada, reposada, narcotizada. Alguien debió de llamar a la enfermera para decir que ya. Es un lenguaje universal: ya, para siempre, nunca. Muy en silencio, aprisa, todos sabían qué hacer, aunque fuese una primera vez con la muerte hospitalaria. La instrucción es evacuar la habitación cuanto antes. Coreografiados todos, recogen el decorado de casa en que se había transformado la habitación de hospital. Ahora no se llora, se necesita la destreza de liberar la habitación porque intuyen que vendrá otro moribundo. El carro de metal es para llevarse el cuerpo. Ahora se le llama cuerpo a su madre. Qué carro extraño. Podría ser de pastelería, o de comedor escolar, pero es un carro de premortaja, de transporte de muertos. Pensado para ello. Tendrá la medida para el ascensor, para el depósito fúnebre de ese hospital al que ella llevaba una vez al mes a su madre, a que analizasen su sangre y el enigma de su coagulación, durante décadas. Tantos pinchazos que ya tenía las venas endurecidas, enclavadas en sus brazos carnosos y suaves. El carro metálico, desinfectado como un quirófano, viene a por ella, viene a por ellos. ¿Cuántos difuntos habrá llevado ya? Otra vez las cosas de su madre en una bolsa cualquiera. Querría tirarla por una de esas ventanas de bonitas vistas. Todos corren para la preparación posterior del rito social de la muerte. Ágiles y sin embargo con el peso del cuerpo de su madre a la espalda, la espalda común, una, que forman las de sus tres hijos, uncidos, como bueyes, por la próxima ausencia definitiva. En unos minutos, ni una huella de ellos. Todo limpio y ordenado para otro huésped, para otra estancia de despedida. Y ellos, desnortados, por un momento, como cabritillos huérfanos.

Es agosto todo el tiempo. En el delirio de su angustia, todos los cementerios la esperan. Hacen un círculo a su alrededor del que nadie podrá escapar, una masa de profundidades y de tierras ricas en gusanos. Todos los ángeles son de piedra, paralizados de frío en los panteones. Sin terciopelos, sin rojos. Mortajas, coronas secas, flores de plástico, anillos sin dedos, fotos grises, cipreses y tilos. Allí deben darse estos otros campos semánticos que los muertos harán suyos. Qué dolor de sepultura se avecina en este limbo. Todos se han ido. Sola, en este silencio de bosque. Es tiempo de tristeza. Ahora sí puede llorar. Ninguno de esos hombres que hacen círculos a su alrededor tiene un nombre que comienza por letra de héroe; todos son mortales, todos resultan temblorosos sin parecerlo, todos inconsistentes, como aquellas edificaciones chinas. Remarcan su perpetuo verano, de tanto sol. Qué insoportable erial. Un agosto helado. Eso debe de ser el infierno. Tan calmo. Echa de menos las olas, el mar, fuera del lago frío en el que está. Tienes el color de las lápidas, eso le dice su espejo; espejito, espejito. Y la respiración de libélula hibernando lo nota. Vuelve el resuello de animal en que se ha convertido, que la tiene a las puertas de la vida. Su cuerpo le es mayúsculamente ajeno. Y sin embargo la angustia es una enfermedad del cuerpo. Luego llegará al alma. Está algo pasmada. La muerte estaba en ese perro. Lo cantaba en el tocadiscos de su casa una señora que se llamaba «la niña de» no recuerda qué pueblo: mataron mi perro. Cuando empezaba a sonar, ella, pequeña, hija mediana, disimulaba su incontenible pena porque le daba vergüenza. La vulnerabilidad da vergüenza. «No habrá otro perro como mi perro.» Esa es la gran tragedia: nada es lo mismo de nada. En su cabeza sin hacer, debía de sentir el pulso de lo que solo es una vez. Parece una trucha en la orilla de un regato cualquiera, agonizando mientras le falta el aire. Pero siempre queda un poco de agua para poder resistir un poco más. Un soplo más, *al menos un soplo más*, le dice en voz baja el poeta de los ángeles.

Todos esos hombres le parecen polillas. Ahí están, pertinaces, obstinados, pero mudos, polvorientos, mates. Se mueven torpemente. Parecen a menudo mariposas. Pero son plomizos, insistentes, blanquecinos insectos. Abres la ventana y no se van. No la dejan respirar con tranquilidad. Amagan, pero siempre vuelven. Vienen a la luz, a su luz. Y desmañadamente se chocan y vuelven a empezar el vuelo sincopado. A veces se esconden tras una cortina y desaparecen durante un tiempo. Déjame, por favor. Se lo ha dicho de mil maneras. T anda en sus asuntos, pero siempre enhebrado a ella. Ella ha buscado en su ordenador cómo eliminar las polillas. Ha visto que hay polillas de la ropa, polillas de los muebles, incluso de la harina y de la uva. Ni rastro de polillas del corazón enamorado. Para prevenir la aparición de los lepidópteros, dice el artículo, hay que evitar que se den zonas oscuras y grietas. Eso la hace sonreír. Su corazón, y cuál no, está agrietado y lleno de claroscuros; si no, es imposible amar, incluso luminosamente. Ya se sabe: solo con oscuridad resplandece la luz y se aciertan los colores. Su ojo izquierdo ahora ve tenues los colores. Las polillas son de tamaño diminuto, advierte el articulista, y capaces de llegar a los lugares más difíciles. Entonces ella solo puede esperar a que su polilla no tenga más corazón que comer y se marche. Dicen los expertos que son herbívoras, pero esta no lo es. Ella es el compendio de los nutrientes que él necesita. Espera que ninguno haya puesto huevos en las paredes de sus grietas, para que no se conviertan en una plaga. A veces la polilla se ha descuidado y ha salido a otro mundo; habría bastado cerrar la ventana entonces y dejarla fuera. Pero ella ha sido incapaz. Debe de haber hombres mariposas, que hagan de sus inconsistencias fragilidades, ágiles, que sepan levantar el vuelo sin abandonarla, que le permitan respirar al aire de su vuelo. Está desairada. Lee un poema sobre las mariposas monarca. T le hace desaires, la desatiende, la desestima. Lo hace sin querer, por culpa de su inconsistencia, pero no tiene perdón. Tiene que poner la cabeza, dejarse de vísceras y no hacer esto. Alguien debería decírselo. Siempre está ahí, rotundamente en su medio estar. Ella carga con él.

Debe tener cuidado porque podría acabar corcovada, sin poder mirar el cielo. Ya está amargándose, seguramente; eso le ha dicho un opinador de los que prometen hablar por el bien del otro. Amargándose, como algunas naranjas de cementerio de pobres. Como es cauta y decorosa, no le ha dicho al opinador que eso se llama proyección: poner nuestra hediondez en el otro. Usted tiene un pensamiento obsesivo, le ha dicho el médico de cabecera. Idea fija. La ceguera. Condiciona su acción. Le ocupa el intestino, como una tenia, y a la vez se enrosca en alguno de sus lóbulos, el parietal quizá, que guarda las emociones. Eso estudió, en alguna lección, cuando nada de aquello importaba porque solo había salud en ella. La idea intrusa la está parasitando, es la causa de su oscuridad, y no su glaucoma incipiente, quizá cronificado ya. La idea insaciable es un organismo que vive en ella. Ella es ahora su huésped. Aunque lo intenta, no puede moverla ni alterarla. Quizá tenga forma de un grueso verme. Así la imagina. Es fija porque tiene rotundidad, seguridad de permanencia. Voy a ayudarte, le dice su doctor. Te mando al psiquiatra. Imposible, piensa ella. Nosotros no somos de química; preferimos la palabra, esa que da pistas del inconsciente. No pienso ir, se dice. El nervio óptico es una lombriz.

Este verano será insoportable. Toda la soledad se hace un coágulo en el estío. Se va creando cuando llega el calor para estrangularla a mediados de agosto. Es el cenit del desamparo. Todos los núcleos que la arropan se han dividido, desperdigado, cada uno celebrando su ocio, dispersos geográficamente. La ciudad, como ella, es un páramo. Descubrió el verbo *agostar* y su adjetivo, y supo que era el suyo estival: debilitada, consumida…, agostada. Anochece tarde, insoportablemente. La tarde agrumada de verano se estira hasta hacerse un hilo. Solo la noche trae alivio. Un día menos, queda un día menos. El consuelo es la proximidad de la vuelta, el retorno que comienza por S de mes de sosiego, de siembra, de septiembre. Es así desde casi siempre. Y lo fue después con T. Mucho más aún. Con él fue el epítome del vértice de cada verano. Mientras ella

144

esperaba, T, con su desquiciado deseo incontrolado por ella, T y su mujer se compraban una casa de vacaciones. Una casa para no ir nunca con ella. Una casa para restarla aún más. Y T decía amarla mientras tenía las manos manchadas de nueva hipoteca. Siempre procuraba cortocircuitos en el cerebro de ella con esas afirmaciones. Agosto es parálisis pese a su movimiento vertiginoso. Hay contradicciones que se dan a la vez y hacen que cada uno de los actos sean aún más sobresalientemente dañinos: ella esperándole en su casa, con la promesa de una vida imposible separados, y él, mientras, firmando, con las mismas manos que la poseían alucinadamente, erectas siempre para ella, unas escrituras de casa de verano. Y eso todo a la vez. Un día le propuso a T ir de vacaciones. Lo hablaron en el descansillo de su casa, cerca del ascensor. Él en voz baja, pero no por educación. Eligió un lugar. Pero ella supo que lo decía para despistarla, para quitársela de encima. Y sin embargo acababan de estar encima y abajo, y arriba y detrás uno del otro, y entonces nada le parecía mal a él. Ella buscó algo al respecto del viaje, pero ni llegó a mencionarlo. Lo suyo era una unión aberrante. A veces ella ponía todo de su parte para que fueran conjuntos disjuntos: ningún elemento en común. La ausencia en verano deja oír las chicharras. Cantan porque se queman, porque el sol es demoledor. No bastaría una llovizna, no lograría rescatar ningún verdor, sino solo remontar calores más profundos aún. Recuerda cómo de su boca de hombre, que la ha besado como un animal hasta inundarla, cuelga cada vez, mientras dejaba su casa, una baba hecha con las letras de amante a-d-i-ó-s-a-m-o-r-m-í-o-no-me-llames-me-molestas. Su tímpano se acostumbró a escucharlo marchar: parecía un canto de avecilla que vuelve a su jaula, y allí se acomoda, cuando al llegar parecía un águila. La fiesta de la carne y la leche se acababa cuando él lo decía sin decirlo, siempre al final de la tarde. Quince de agosto. Parece la fecha de muerte de un torero en un poema. Él, de paso por la ciudad de ambos, la reúne para recordarle que es todopoderoso y manda en su matriz y en su desarrollado sistema nervioso. Su pecho de mujer vivípara tiene alas. Siempre estuvieron. Ahora están adormecidas, cree que para siempre. Pero se van abriendo, como flores encefálicas. Su sexo acabó quedándose sin oxígeno y se volvió indiferente a lo profanamente sagrado que estuvo instalado entre ellos y los mantuvo atados. Y ese nudo umbilical va a quedar sepultado bajo no sabe qué tierra, donde al fin se pudrirá. Ahora ella también tiene su playa, atlántica, ventosa. Cuando se baña en el mar, se mete con cuidado, le asusta el fondo paciente que no sabe

146

qué guardará, como su pensamiento. Como odiar no es elegante, dice él, ella no lo odia, aunque lo merece. Entre los dos, fueron haciendo del descuido y la ofensa algo bello, repugnantemente romántico. Ahora es pasado. Y se contenta, aunque sin alharacas, sin aspavientos. Queda de él una inofensiva huella en las vueltas de sus sesos.

Una alarma en su calendario le indica que tiene hora con el psiquiatra. Vale, voy, dice, porque ella no es descortés. Indiferente en la sala de espera. Entra, y se echa a llorar, inexplicablemente. Derramada. No puede con su tristeza, que es un tormento. Esta pena es indecible. Pena significa también castigo. Siempre le ronda el merecimiento de un castigo. Le gustaría poder meter la mano bajo sus costillas y posarla sobre su corazón, para calmarlo, para darle otro ritmo, porque sabe que está asustado. La doctora habrá visto miles de veces esa escena, pero es amable y la escucha como si lo hiciera por primera vez. ¿Trae recetas? No, lo siento. No sabía... Detesta su talonario de recetas, antiguo porque nunca lo utilizó hasta ahora. Se lo dieron cuando empezó a trabajar y quedó en un cajón como un objeto inútil. Ahora se gasta rápido. Ya ha tenido que solicitar varios, y eso le hace cuantificar su enfermedad. No quiere ni verlo. Aunque lo usa a menudo, lo olvida cuando va a la consulta, lo esconde en un lugar poco cómodo a la mano. En su botiquín casero, donde siempre hubo solo medicinas de mentira, ahora se han juntado hipnóticos y ansiolíticos. Va a sustituir, quizá, tendrá que pensarlo, las terapias del hablar por las que son químicas. Como cada vez cree menos en el alma y más en el cuerpo, tal vez lo haga. Se ha hecho creyente del imperio de las sinapsis, la carne y los huesos.

Su cerebro se ha ido fertilizando y ha hecho proliferar esporas de supervivencia, como algas rojas de vida. Entiende ahora, como en una iluminación, que todo eso con T la hizo alejarse del mundo del deseo, que resultó adormecido casi sin fecha, que dejaba acercarse a los hombres que la atraían, pero, sin que se diese cuenta, los despedía en cuanto se aproximaban más de lo prudente, y lo prudente era la distancia que midió y grabó T con sus ritmos de descuido. Que ella repetía el juego aprendido del sí-pero-no, el ritmo de la inconsistencia, perdiéndose cada uno de los nuevos recorridos posibles. Que es imposible que suceda, se decía, cada vez que comenzaba a enamorarse. Mejor no. Que se fortalecía entreteniéndose con sus asuntos, menores siempre en comparación, que iban enfriando, domando, su afecto y su sexo. Le asalta otra vez el ataque de soledad. Se cierra

150

en sí misma mientras se hace tan dura que resulta impenetrable. La respiración se acelera, pero ya puede dominarla. Ahora hace casi año y medio que nadie la toca, y ha sido un descanso. La doctora ha debido de revivirle en el quirófano, de paso y sin querer, algún nervio de vida futura, porque se sorprende pensando en la posibilidad de un amor de celebración, sin argumentos, sin conocimientos, libre de estructuras, desprendido de la losa del amor romántico de tortura y muerte que ella y T fueron planificando, permeable al viento y a la risa, obscenamente amoroso. Su cabeza comienza, sin permiso, a barruntar sobre ello, y mientras rememora, ya en uno de los que serán sus últimos recuerdos de T, cómo este, después del acto, se dormía un rato y se marchaba antes de la aurora. Ella lo miraba roncar levemente sin entender del todo lo que ocurría. Habría bastado, sabe ya, con despertarlo y acercarle su ropa para que se hubiese marchado para siempre, como un conejo inteligente, sin decir ni una sola palabra. Fin de la actuación.

Su médica de manos frías le ha dicho que la cicatriz de la operación de su ojo ha hecho una fibrosis, que su tejido se ha hecho excesivo: parece que su epitelio teje por las noches –piensa en Penélope y su costura– fuertemente, insistiendo hasta cerrar la ventana que ella abrió en el quirófano para que su ojo respirase. Su ojo tiene un pequeño pulmón, imagina. Le gustan los dedos helados de su doctora, parecen quirúrgicos, medicinales. Laboriosos, refrescan sus párpados cuando los levanta con el respeto de su oficio. Se sorprende una vez más al saber que su cuerpo tiene una vida propia y que no cuenta con ella. Ahora voy a agujerear esa cicatriz enquistada para bajar la tensión ocular. Láser. No te muevas. Si molesta, levanta el brazo. Lo consigue. Salvada de nuevo. ¿Cuántos recursos le quedarán a su doctora-maga? Sale de la consulta celebrando que ha esquivado un poco más el daño de su enfermedad. Debe volver en dos meses. Inicia la cuenta atrás. Entra en un negocio de uñas de los que proliferan. Hola buenas, vengo a hacerme las uñas. Hacerme. Qué expresión tan rara. A veces mira las palabras desde fuera y se le hacen ajenas. Tiene que decirlas en alto para volver a sentirlas suyas. Y al sentarse y ver arrodillarse a la muchacha, siente vergüenza y lástima mientras mira su coronilla de un pelo excepcionalmente liso, anaranjado, sujeto por una pinza, como el de una colegiala que estuviera haciendo sus tareas. Pero sus deberes son hacer las uñas de las manos, de los pies, de extremidades de mujeres a las que casi ni entiende. Ella, a cambio, le sonríe mucho, como quisiera que le hicieran a su hijo si estuviesen en una tolla al otro lado del mundo. La chica despliega un muestrario de uñas de todos los colores imaginables. Parecen uñas de patas de gallina. Le producen cierta repugnancia, aunque acaban resultando bonitas. Al lado, una mujer le da a otra esteticista unas indicaciones irritantes: francesitas, blanco, rosa, redondita, así no, así sí. Qué boca tan desconsiderada la de esta señora. Ojalá se callase ¿Qué hace ella allí sentada, se dice, si es invierno, si se pondrá unos zapatos y nadie verá sus uñas delicadamente tratadas? Bueno, ya está hecho. Le da las gracias con un dolor que nadie nota, y al hacerlo querría acercarla de vuelta a donde nació y a su madre, al menos por un instante. Sale a la calle. Llega el final de la tarde y la oscuridad la asusta. Qué noche tan difunta hace. Mejor irse a casa. Lleva unas esperanzadoras uñas rojas bajo los calcetines.

Oración a mi Madre.

Voy a dejarte sola en tu enfermedad y tu muerte. Voy a preferir vivir, mamá. Ayúdame. Sostenme un poco, con un leve viento que traigas. Qué será de mí, si no. Tengo que quitarme de mi respiración este olor a sepulcro, a rosa enferma, y de mis manos la ruina que no me permite asir nada. Llévate, te pido, los gusanos y los perros ahorcados que se acuestan conmigo. Necesito pájaros morados cerca para levantarme cada mañana. Tenme, porque me derrumbo. Rezumo espanto, y tú olías a alhelí siempre, ¿recuerdas? Estoy agonizante, por eso quiero rodeos y verdades sesgadas. Es grosero no encontrar sosiego. Ojalá tuviera la serenidad de Emily y pudiese contarle, como ella, a la abeja, los caminos y las colinas, mi desesperación. Tú tenías un pastillero en cuadrícula que rellenábamos semanalmente, en la mesa de la cocina, con esas piececitas de colores que controlaban tu coagulación, tu tensión, tu mar de células, y me insistías para asegurarte de que las había colocado correctamente. Se me aparece muchas veces, con ternura. Estábamos a salvo, mamá.

Visita al médico. Ten entereza, se dice, pero es que quiere irse corriendo. Debe pasar una prueba que ya conoce, la misma que está condenada a repetir durante toda su vida. La aterroriza esta prueba diagnóstica en la que debe localizar luces pequeñas y breves que parecerían, si tuviera otro ánimo, pequeñas estrellas. Veinte minutos eternos. A veces tiene que comenzarla de cero, si corre. Castigada por los hados por desobedecer las instrucciones. Luego la verá la doctora. En esta sala de espera nadie habla. Todos han traído su miedo colgando del cuello, como en una tablilla de preso de otros tiempos. Por eso miran al suelo. Solo se escucha el pitido de un nuevo número en la pantalla. Ella mira a los demás para ver si alguno está próximo a la ceguera, como si eso la condenase o la liberase. Aquí no hay ciegos: o esta enfermedad no ciega o es que los invidentes ya

157

no vienen a la consulta. Piensa necedades continuamente. Los que allí están forman una comunidad de esperandos. Tan sumisos. ¿Y si no vuelvo? Puedo levantarme e irme. Lleva un papelito con números que no entiende y donde deben de residir las cifras del estado de su vista. Teme la palabra de la doctora: en ella están los enunciados de su vida futura. Entra. La explora. Qué silencio de sentencia. Todo va bien, le dice, la oye decir mientras tiene las manos apretadas entre los muslos, sin darse cuenta. Muslos temblorosos. Los pies muy juntos, ella que siempre cruza las piernas y las enreda la una en la otra, ladeadas. Piernas juntas, como una buena chica, como le decían en el colegio. Quizá esté orando sin saberlo. Una penitente, una virgen. Mi madre velaría por mi miedo, piensa. En el papel de la cita ponía febrero, pero ella leyó *féretro*. Está todo bien, le ha dicho. Y las estrellas empiezan a alcanzar su aliento y su boca se hace un cielo de color garzo. En la salud y la enfermedad, se oye a sí misma decir en voz baja, sin saber por qué. Una novia reciente se siente, con los zapatos limpios tras haberlos tenido enfangados de espanto. Ha sido un susto, solo un susto, le diría su padre si estuviese con ella; ya pasó, todo va bien. No pregunta más. Le vale así, hoy. Sale del hospital. Su corazón late con su ojo, que ha encontrado un hueco tras él hace tiempo.

158

Sabe dónde está el quirófano, pero de momento no lo necesita de nuevo. Deletrea la palabra *bien* una y otra vez, con gusto, en el estómago, que le duele a veces de tensarlo, en los lacrimales, que no necesitan ya medicación, por el momento. El instante es lo único que quiere. Es Lázaro resucitado. No gires la cabeza, amor, le diría a su Orfeo mientras marcha por estos verdosos pasillos clínicos, no vayas a perderme, ahora que sé que todo es tan efímero. Vayámonos del inframundo; llévame, que las fieras se han calmado. Sale a la calle y siente hambre. Su cuerpo está expandido, ofrecido al día, cuando hace una hora era una endurecida tiniebla. Se compra un vestido porque asoman días futuros, porque quiere estar del lado de los vivos. Le preocupaba, si se quedase ciega, su aspecto que no vería; cómo su pelo, qué bolso, ese pantalón, qué anillo, el sostén para su pecho, qué colores para cada mañana. Todos la verían y ella estaría expuesta, indefensa en su aspecto. ¿Puede alguien enamorarse de una ciega? ¿Querría alguien besarla? No va a pensar en ello. Empieza una leve tregua para su desasosiego. Un azul. Seis meses. En seis meses te veo de nuevo, le ha dicho su doctora de cara de niña. Nunca le dio tanto tiempo. El tiempo late en su ojo izquierdo, en su ojo desesperado.